Harley R.
Entre-Historias

Patricia Sutherland

A mis padres.
Siempre serán la luz que alumbra mi camino.

A todas mis lectoras y, de manera especial,
a las "Evel-adictas" y fans de la serie Moteros
con todo mi cariño y mi agradecimiento.

Las Entre-Historias son capítulos extra que hacen a la historia que narra la serie Moteros, que tienen que ver con los protagonistas de la novela a que se refieren (en este caso, *Harley R.*), pero no forman parte de ella. Digamos que son algo así como unos apetitosos bocaditos extra para aliviar el gusanillo romántico. Por esta razón, te recomiendo que respetes el orden de lectura para no perderte nada: primero, *Harley R.* y después, *Harley R. Entre-Historias.*

* * * * *

Tras el emotivo intercambio de regalos y confesiones entre Evel y Abby, la relación sentimental de la pareja avanza a todo gas. Profesionalmente, las cosas también van viento en popa. Los diseños de arte corporal de Abby causan sensación y como el verano es una época propicia para lucirlos, no solo han empezado a lloverle encargos, también invitaciones para participar en ferias y exposiciones. Evel, por su parte, compagina una ya de por sí cargada agenda de trabajo en su taller de tuneo de vehículos de colección por encargo con un nuevo proyecto; la fabricación de su propia línea de vehículos customizados. La pareja se apoya mutuamente y ve con gran satisfacción el triunfo del otro. Interiormente, sin embargo, los dos anhelan una vida diferente, una en la que conseguir pasar tiempo juntos no resulte una labor tan complicada y frustrante.

También es tiempo de cambio para los allegados a la pareja. Amy empieza a darse cuenta de que, muy a su pesar, su interés por Dylan es mayor de lo que pensaba. Sabe que él continúa muy enfadado con ella y no le pondrá las cosas fáciles. Lo que no sabe es que la suerte ha tocado a la puerta del irlandés y él acaba de conseguir el trabajo ideal; uno que lamentablemente para Amy, pondrá aún más distancia entre los dos de la que ahora existe.

Y mientras que el presidente del club de moteros The MidWay Riders, Conor Finley, cansado de la frialdad hacia él que Andy se trajo puesta del encuentro motero de Barcelona, decide tomar el buey por las astas, un suceso inesperado está a punto de cambiar radicalmente la vida de Dakota y Tess...

Domingo 26 de julio de 2009.
Hastings, Sussex.
Frente al mar.

Después de que Evel sorprendiera a Abby regalándole aquella moto de la que ella se había enamorado a primera vista hacía cuatro meses, la pareja había puesto rumbo al sur, devorando kilómetros a bordo de la Perla Azul. Todavía no habían abandonado Londres cuando Abby lo sorprendió a él con su confesión de amor motorizada y desde el mismo momento en que pronunciara aquel "te amo, Brian", algo había sucedido entre los dos. Como si todas las piezas hubieran encajado, al fin, en su sitio mostrando un panorama claro, sin sombras ni dudas, llenándolos de una confianza absoluta; estaban donde deseaban estar, con quién deseaban estar y el futuro les pertenecía.

Aquella inesperada confesión también había supuesto un cambio de ruta. El corazón enamorado del motero, uno que al conocer a Abby había vuelto a latir con fuerza inusitada después de quince largos años, anhelaba más romance, más ilusión, más momentos significativos en compañía de la mujer que amaba. Lo necesitaba. Y estaba seguro de que a ella le sucedía otro tanto. Así las cosas, Evel había rectificado rumbo sin pensárselo dos veces; de dirección Southampton que había sido la idea original, a dirección Hastings donde ahora, en una playa llena de recuerdos, la pareja disfrutaba del escaso sol que les estaba ofreciendo aquella nublada tarde de finales de julio.

Abby abrió los brazos en cruz y respiró a todo pulmón bajo la mirada extasiada de Evel que, muy cerca, disfrutaba de las vistas. Descalza sobre la playa de arena y guijarros mientras la brisa jugaba con su cabello y con aquella expresión de nirvana total... El bomboncito exudaba felicidad por cada poro de la piel y saber que él tenía que ver con eso lo hacía sentir omnipotente. Además, sentimientos aparte, no había paisaje que superara en belleza a aquella silueta enfundada en un entallado vestido azul de estilo vaquero, hecho de un tejido liviano, con sisas caladas que dejaban parte de sus preciosos hombros al aire. No era cortísimo ni ceñidísimo ni escotadísimo como era tan habitual últimamente en las mujeres de su edad. El único guiño de provocación eran unas pequeñas rajas que la falda mostraba por delante y por detrás. Se abrían con cada paso que daba, revelando apenas un poco del interior de sus muslos. Poco poquísimo, pensó el lado más demonio del motero, en comparación a lo mucho muchísimo que las benditas aberturas estimulaban su imaginación. Por suerte, su lado caballeroso ya estaba totalmente atento a Abby, que comentaba algo.

—Respirar este aire es como si me enchufaran a una corriente de energía... ¡Adoro Hastings!

—Así que tu paisaje ideal tiene olas y arena... —Evel vio que ella se volvía a regalarle una sonrisa pícara—. Es bueno saberlo.

—¿"Es bueno saberlo"? Lo sabes; por eso me has traído aquí. Tú lo sabes todo de mí...

No era exactamente así; no lo sabía todo del bomboncito. Aún no. Pero, desde luego, se esforzaba por que lo pareciera. Quería deslumbrarla. Quería que cada momento que pasaban juntos valiera la pena. Y sí, por eso la había llevado allí, al mismo lugar donde tres meses atrás habían tenido su primera cita amistosa, que no romántica.

Donde Abby había empezado a dejar de mostrarse tan desconfiada. Donde habían compartido paseos, risas y *falafels* por primera vez.

Evel la miró de soslayo con su cara de niño al que aunque han descubierto en una travesura no piensa reconocerlo tan fácilmente.

—¿Tú crees?

Abby volvió donde estaba el motero, sentado sobre una piedra plana de las muchas que había en la playa. Lucía impecable con su camisa vaquera negra a juego con los pantalones, desabrochada y arremangada hasta el codo, su eterna camiseta a la última moda, sus zapatillas de baloncesto y aquella minicresta perfecta. Era como en los anuncios de moda, ni el viento ni la brisa húmeda ni la arena parecían tener un efecto negativo sobre su aspecto; todo lo contrario.

—No lo creo; lo sé —respondió al tiempo que se arrodillaba frente a él—. Eres así, un tío impresionante.

—*Guau...* —y acompañó la palabra con un movimiento sensual de las cejas que le arrancó una sonrisa a Abby.

—Eres esa clase de hombre —continuó ella en un tono suave. Su vista se fundió con el horizonte mientras mentalmente intentaba poner orden en sus pensamientos. La mirada del motero continuó hechizada sobre los ojos de Abby. Aquel impactante violeta de la máscara de pestañas que le había hecho entregar a través de un mensajero aquella misma mañana, realzaba una mirada de por sí transformada por los importantes sucesos de aquel día—. Sé que puedo esperar cualquier cosa de ti, la más inesperada, la más alucinante... Lo sé porque así han sido todas estas semanas, desde que estamos juntos. Pero quiero que sepas que ni en un millón de años, me habría imaginado lo de hoy. Que pudieras regalarme algo que es tan valioso para ti... —los ojos brillantes de emoción de Abby regresaron a Evel—. Nadie me ha hecho sentir tan querida, tan valorada, como tú lo hiciste hoy. Ha sido hermoso, increíble... Un momento que nunca olvidaré.

Evel acusó recibo de la intensidad de aquellas palabras que le habían acariciado el corazón. Fue un suspiro sutil, casi oculto tras una respiración profunda. Un acto aparentemente intrascendente como el movimiento reflejo de aspirar el aire marino, cargado de los tan necesarios iones de polaridad negativa, que por supuesto no engañó a nadie y menos a quien pretendía engañar.

Abby ya estaba sonriendo con picardía cuando él volvió a mirarla.

—He dejado el listón muy alto, lo sé —concedió el motero—. Pero de más está decir que voy a intentar superarlo.

Ella extendió una mano y le acarició el rostro enternecida.

—No tengo ninguna duda de eso.

Evel besó los dedos que lo acariciaban y volvió a respirar hondo. De todas las emociones que ella le transmitía, su certeza, aquella total e inapelable confianza en él, era lo que más lo conmovía.

—Haces bien en no tenerla. Mereces que te adoren y yo me he presentado voluntario. No solo porque no puedo evitarlo —una sonrisa muy diabla iluminó el rostro del motero en lo que fue más un intento de cortar la emoción del momento que otra cosa—, es que tus agradecimientos son... *Diosssss*... muy, muy, muy inspiradores, ¿sabes?

La noche del taller regresó a la mente de los dos y aunque hubo risas, sus miradas delataron las intensas emociones que aquel recuerdo tan reciente traía consigo.

Tanto Evel como Abby apartaron la vista. Él se dedicó a juguetear con los guijarros de la playa y ella a seguir el movimiento de la mano masculina con aparente interés. En realidad, pensaba qué responder. Nunca había mantenido semejante nivel de intimidad con un hombre. Sin embargo, las cosas fluían entre los dos de una forma tan natural que simplemente sucedían. Hablar de ello le seguía costando un poco, pero era más (falso) pudor que otra cosa, y estaba decidida a sobreponerse.

—Te encantó que te pintara, ¿eh?

Los ojos del motero regresaron a los de Abby.

—Lo que me encantó fue que me ataras para pintarme —precisó—. Me volvió loco.

Las mejillas femeninas se cubrieron de una coloración rojiza sin que pudiera hacer nada para evitarlo, pero ninguno de los dos intentó suavizar el momento. Ni Abby sonrió, ni Evel apartó la vista o mostró la menor intención de cambiar de tema.

—¿Te gusta que te aten? —Abby se las arregló para formular aquella pregunta a sabiendas de que su rostro se estaba prendiendo fuego.

Él tampoco había llegado a intimar tanto con una mujer. No era hombre de sexo casual. Nunca lo había sido. Más aún, los encuentros de una noche solían dejarlo bastante frío. Los había tenido, claro, por pura necesidad fisiológica, pero lo que de verdad necesitaba era conectar con una mujer intensa y profundamente a todos los niveles para sentirse completo. Siempre había anhelado ese tipo de conexión. Su única relación importante antes de Abby había sido Harley. Eran adolescentes y entonces, todo se consumía en un segundo, sin tiempo para demasiados prolegómenos o juegos. Después de Harley, el sexo había sido irrelevante. Nada memorable, con ataduras o sin ellas. El bomboncito era quien marcaba la diferencia. Ella y solo ella.

Evel negó suavemente con la cabeza, un movimiento casi imperceptible ya que no apartó sus ojos de Abby.

—Que *tú* me ates... —volvió a precisar—. Y no me gusta; me pone cardíaco.

Un escalofrío recorrió la espalda de Abby, que no estaba asociado con la brisa del atardecer y que impuso un fin temporal a la conversación.

—*Brrrrrr...* —se frotó los brazos—. Me parece que voy a necesitar una de esas camisetas térmicas que siempre llevas en las alforjas...

Y no dijo que, en realidad, la causa era él, sus insinuaciones, el tema de conversación... todo en conjunto, que la ponía a cocer a fuego muy lento.

Por supuesto, Evel no necesitaba aclaraciones. Lo sabía y se avenía de buen grado a que fuera ella quien marcara el ritmo de los acontecimientos. Quería que se sintiera cómoda, que pusiera los límites que deseara con la certeza de que él los respetaría a pie juntillas.

Se incorporó de inmediato y le ofreció una mano para ayudarla a hacer lo mismo.

—Claro, linda.

A continuación le pasó un brazo alrededor de los hombros, contacto al que ella respondió acurrucándose contra él. Al abandonar la playa, cuando volvieron a pisar suelo firme de la rambla, la sostuvo por el codo mientras ella volvía a ponerse sus inseparables taconazos. Abrazados, se dirigieron hacia el lugar donde estaba aparcada la Perla

Azul, cerca del área comercial Priory Meadow. Anduvieron en silencio, disfrutando de su mutua compañía.

—¿No sería mejor la cazadora? —ofreció él, inclinado sobre la moto, al tiempo que abría la alforja—. Está oscureciendo, las temperaturas van a bajar.

—Si no te importa, prefiero añadir otra de tus camisetas a mi colección privada y combatir el frío pegándome a ti.

Él alzó la vista, la miró sorprendido. Primero por su referencia a la otra prenda de la que nunca habían vuelto a hablar, y segundo, por aquella insinuación tan abierta en alguien que se sonrojaba con tanta facilidad.

—¿Importarme? Para nada —Le entregó una camiseta que ella se apresuró a tomar.

Abby sonrió para sus adentros. Durante semanas había evitado hacer la menor alusión a la prenda que él le había dejado durante la carrera de MayDay, deseando que fuera el motero quien sacara el tema, que demostrara algún interés por saber qué había sido de ella. Curiosamente, el silencio de Evel al respecto la había desilusionado un poco. En el sentido de que había llegado a pensar que, galante como era, seguramente habría cedido muchas prendas a damiselas en riesgo de congelación y que, por tanto, lo más probable fuera que ni siquiera lo recordara. Ahora, resultaba evidente que lo recordaba perfectamente.

—¿En serio no te importa? Luego no quiero quejas, ¿eh?

Aquel susurro juguetón quedó flotando en el aire sin que Evel llegara a ser consciente del todo de él. ¿La razón? Abby acababa de extender los brazos para ponerse la camiseta y el movimiento había hecho que el ligero tejido del vestido que llevaba se ciñera durante un momento, perfilándole el busto. El ribete trenzado que decoraba el borde de su escotado sostén se dibujaba con tal claridad que Evel creyó reconocer la prenda. Un aguinojazo se clavó entre sus piernas cuando la imagen del delicado sujetador de encaje azul que incitaba al delito sexual apareció en su mente. Uno igual de intenso contrajo el vientre de Abby, que encontraba aquellas miradas incendiarias tan excitantes como él las vistas. Toda la vida las había padecido. Procedentes de desconocidos con los que se cruzaba por la calle y que solo le producían rechazo. Ahora, las deseaba. La halagaban y la excitaban porque procedían del hombre de quien estaba perdidamente enamorada.

Cuando la nueva prenda (mucho más holgada puesto que le quedaba inmensa) estuvo en su sitio, los ojos de Evel regresaron a los de Abby.

—Perdona el lapsus, pero me desconcentras muchísimo... No habrá quejas, tranquila.

—Qué bien... —replicó ella, dejando a la libre elección del motero decidir a qué se refería.

Evel se irguió cuan alto era. Miró a Abby, comiéndosela con los ojos. La sola idea de que el bomboncito se relajara, de que poco a poco se mostrara dispuesta a seguirle el luego... *Diosssss*, hacía que se derritiera por sectores.

—No sé si es buena idea que me desconcentres tanto, linda...

—¿Por qué no?

De pronto, todo cuanto los rodeaba desapareció como por encanto. De pronto, solo estaban él, ella y la locura que sentían el uno por el otro.

Evel rodeó la moto. Se situó directamente frente a Abby.

—Porque si antes ya lo tenía complicado para contenerme, después de oír cómo te declarabas por el intercomunicador del casco...

—Después... *¿qué?*

Él continuó avanzando, haciendo que Abby empezara a retroceder por el solo placer de verlo imponerse con su gran envergadura. Ella exhaló un suspiro cuando halló la pared a su espalda y los ojos de Evel brillaron de deseo.

—Ya sabes lo que pasa cuando suspiras... —le advirtió.

Abby se estremeció al verle apoyar las manos contra la pared, a cada lado de ella.

—Me encanta cuando haces esto....

Evel situó una pierna estratégicamente entre las piernas femeninas, forzándola a separarlas. Los dos suspiraron ante aquel primer contacto.

—Esto ¿qué?

—No sé... *Esto*, cuando te me echas encima —murmuró Abby.

—Avasallarte —precisó él.

Atrapada en el hechizo de aquellos preciosos ojos verdes que la devoraban, Abby asintió con la cabeza de manera casi imperceptible. Las definiciones le daban igual mientras él siguiera haciéndolo. Se llamara como se llamara.

—Y a mí, en el fondo, me encanta que me desconcentres; estamos empatados —continuó Evel.

Abby atrapó la pierna del motero que se insinuaba entre las suyas en un gesto tremendamente sensual que consiguió arrancarle un gemido.

—Adiós empate.

—*Diosss...* —suspiró el motero al tiempo que hundía la nariz en el cabello de Abby y aspiraba profundamente.

—¿No quieres saber qué fue de la otra camiseta?

Evel intuía que la respuesta provocaría una explosión. Porque como le dijera que la usaba de camisón, el efecto sería como encender una cerilla sobre un barril de pólvora. Y estaban en pleno centro de la ciudad, a la vista de todos. La respuesta salió sola, sin titubeos.

—No.

—Mentiroso...

—*Diosss* —volvió a gemir él al sentir la rodilla femenina ascendiendo, insinuante, entre sus piernas. Era una velada invitación a que los dos perdieran la cabeza.

—Huele a tu piel. Es como tenerte cerca —empezó a explicar Abby en un susurro—. Para devolvértela, tenía que lavarla y me niego a que huela diferente, así que me la quedé... Cuando me voy a dormir, la pongo sobre la almohada y dejo que el sueño me lleve, oliendo a ti... Es una chica con suerte; duerme conmigo todas las noches.

Las palabras de Abby conjuraron una imagen que hizo estremecer al motero.

—Qué mal me cae esa camiseta —fue todo lo que consiguió decir, y lo hizo en tal tono que ahora fue ella quien se estremeció.

—¿Mucho? —se animó a preguntar. La caricia que le recorrió el final de la espalda la hizo temblar de deseo.

—No sabes cuánto...

Otra caricia incendiaria. Otro estremecimiento aún más largo, seguido de otro. Y otro más.

La explosión anunciada al fin llegó. Él le hundió la lengua en la boca y la pasión que sentían los desbordó. Sus manos volaron libres, acariciándose sin pudor. A duras penas, Evel consiguió reunir el sentido común suficiente para empujarla suavemente hacia un portal próximo, rogando que las sombras del atardecer les ofrecieran algún cobijo, un poco de intimidad. Abby, simplemente, se había rendido a lo que se sentía. Era obvio para los dos, y saberlo, hacía que al motero se le fuera aún más la cabeza.

Entonces, el móvil de Evel empezó a sonar. Abby liberó sus labios tan solo para pronunciar una palabra:

—Déjalo.

El motero obedeció. Ignoró la llamada. Ignoró el hecho de que se encontraban en la vía pública y siguió besando a la mujer de la que estaba locamente enamorado. Al fin, el aparato dejó de sonar.

El silencio, sin embargo, apenas duró un minuto; comenzó a sonar el móvil de Abby.

—Déjalo —suplicó Evel, en un murmullo.

Los dos siguieron a lo que estaban, pero al oír que quienquiera que fuera volvía a insistir a través de Evel, se dieron cuenta de que hasta que no atendieran, no los dejarían en paz.

Sin abandonar los labios femeninos, que siguió mordisqueando suavemente, Evel tanteó el bolsillo trasero de sus vaqueros y extrajo el odioso aparato. Miró de reojo la pantalla antes de atender.

—¿Se puede saber qué quieres, tío? —fue el saludo que Evel dedicó a su socio.

Medio perdido en las embriagadoras sensaciones proporcionadas por los mordisquitos que Abby le daba en el cuello, le llegó la voz de Dakota como una especie de letanía.

—*Joder, por lo visto os he pillado en plena acción... Lo lamento, tío. Samir se ha hecho una brecha mientras cortaba cuñas de limón. Ha ido al hospital así que tengo el bar hasta los topes. Necesito que esas manos que le estás echando a tu chica, me las prestes un rato...*

—Tienes que estar de broma... —se quejó el motero de la minicresta. Para entonces Abby había dejado de besarlo, la cosa empezaba a enfriarse y él tenía ganas de ponerse a gritar.

—*Nop. No es coña, tío. Lo siento.*

Evel soltó un bufido. Liberó a Abby y se apoyó contra la pared, a su lado, totalmente derrotado. Incapaz de creer lo que oía.

—No me jodas, Dakota... ¿Tiene que ser *ahora*?

Abby meneó la cabeza. Sin saber lo que sucedía, era como si lo supiera.

A noventa kilómetros de Evel, Dakota puso los ojos en blanco.

—*Qué va. Si quieres, me espero a que acabes...*

Evel torció la cabeza para mirar a su chica. Comprobó que los dos estaban igual de frustrados e igual de deseosos de matar a un motero pelilargo.

—*Vaaaale.* No estoy en la ciudad, así que... —replicó envuelto en un bufido—. Lo que demore en llegar.

Mientras tanto en el Midway...

—¡Ay, disculpa...! —exclamó Andy al chocar con Dylan, que había tenido que pasar del otro lado de la barra para echarles una mano después de que el bar, a hora y media de ofrecer su primera actuación de música en vivo, ya estuviera hasta los topes.

Inclinado hacia delante, con los brazos lo bastante alejados del eje del cuerpo como para que la cerveza que chorreaba de las jarras no le cayera encima, Dylan giró la cabeza y miró a la camarera que continuó a lo que estaba sin detenerse, a tal velocidad que ni siquiera le dio tiempo a pensar una respuesta. Parecía el Correcaminos[1], solo que en versión pelirroja.

Rellenó las pintas de las que el encontronazo había derramado parte del contenido, y las entregó a dos manos que se agitaban entre el montón que atestaba la barra, esperando que fueran las correctas. Podía recordar párrafos enteros enhebrados con datos, pero asociar comanda con cliente no era su fuerte.

---

[1] El Coyote y el Correcaminos (en inglés: Wile E. Coyote and the Road Runner) son los personajes de una serie estadounidense de dibujos animados creada en el año de 1949 por el animador Chuck Jones para Warner Brothers.

Estaba atendiendo a otro motero cuando vio que el Correcaminos regresaba. Sonrió para sus adentros.

—No me importa que una chica me de con el culo, pero que me haga desparramar cerveza eso ya es otra cuestión. Así que a ver si miras mejor por donde vas, guapa.

Andy soltó una carcajada, pero esta vez tampoco se detuvo.

Llevaba tres pintas hasta los topes en cada mano y se deslizaba sobre las tablas del suelo como si fuera una gacela. Iba y venía sin tocar tierra y hasta le daba tiempo de bromear con los clientes. Dylan meneó la cabeza. Tenía su punto eso de conversar por entregas.

—Te di con la cadera, no con el pompis. Y si no anduvieras como un pato cagado, ocupando tú solito tres cuartas partes del pasillo, no te habría dado —apuntó, risueña. Como siempre, las últimas palabras quedaron flotando en el aire.

—Yo diría más bien *pato mareado* —apuntó Dakota con malicia, desde la máquina registradora—. Porque anda que no bebe nada el colega...

—Oye, pues ahora que lo dices, ¿qué tal si vuelvo a mi taburete, a seguir bebiendo, así os dejo la vía libre?

Andy, que volvió a pasar a su lado, le palmeó la cabeza como si despeinara una melena imaginaria.

—¡Ay, cómo picas...! —dijo risueña, yéndose, pero Dylan le cortó la retirada situando su portentosa osamenta en mitad del pasillo.

—A ver, guapa... Sé distinguir perfectamente un culo de una cadera, y me diste con el culo. Y además, ¿has dicho "pompis"? ¿Sabías que esa palabra dejó de usarse antes de que tú nacieras?

Los dos rieron.

—Por eso la he usado. Porque es de tu época, calvorotas.

Una voz que a los dos les resultó familiar, dejó a Dylan con la palabra en la boca.

—Venga, pasa de este vejestorio y ponme una cerveza, preciosa.

Ambos miraron a Ike Adams al unísono. Andy mostraba su siempre presente sonrisa, la que venía con el puesto de trabajo y le resultaba tan útil para lidiar con clientes pesados; Dylan, la suspicacia que le provocaba el mamarracho con aires de estrella de cine que ostentaba el cargo de tesorero de los MidWay Riders, el club de moteros con sede en el MidWay.

—Y otra a mí, por favor —terció Conor, el presidente de dicho club, sin darle tiempo a Dylan a responder.

Dakota estaba en la otra punta de la barra y Frank, el veinteañero apoyo de fines de semana, hacía malabarismos entre la gente con una bandeja cargada de jarras vacías y platos con restos de canapés, intentando llegar a la barra, pensó Dylan; sólo quedaban ellos dos.

—Parece que se nos acumula la faena —comentó el irlandés con socarronería. Y como sabía que la comunicación entre camarera y presidente del club de moteros llevaba semanas interrumpida, añadió —: Venga, te dejo elegir cliente, para que veas lo bueno que soy. ¿Cuál te pides?

Andy no estaba segura de agradecerle el gesto. Seguía desilusionada de Conor y bastante molesta con él, pero no quería hacerle el vacío abiertamente. No era su estilo, y además, mal que le pesara, era un cliente del bar. Por otro lado, sabía cómo acababan sus intentos por romper el hielo. Y también sabía cómo comenzaban; pidiéndole una cerveza. Hoy, no estaba de ánimos para eso.

—Marchando una cerveza para Ike —respondió sin que su mirada cruzara siquiera la sombra del presidente del club de moteros.

Conor ignoró el gesto de "se siente" que apareció en la cara de Ike. También el otro mucho menos ofensivo de "lo lamento" por parte de Dylan. Siguió con la mirada la figura de la mujer que había pasado de adorarlo a no querer siquiera servirle una cerveza, preguntándose por qué se le daban tan mal las relaciones sentimentales. Mujer en la que se fijaba, mujer que acababa volviéndolo loco -en el mal sentido de la palabra- por una razón u otra. ¿No quedaba ninguna que fuera normal?

—Cerveza —dijo Dylan al tiempo que depositaba una pinta frente a Conor, sacándolo de sus pensamientos.

—Gracias, tío. ¿Y Evel?

—En el paraíso, supongo. Echando unos polvos de muerte mientras nosotros pringamos en un bar hasta los topes.

—¿Y eso? —dijo el motero de las rastas multicolores.

—Eso, ¿y eso? —añadió Ike, que a falta de camarera con la que tontear (ella estaba en la otra punta de la barra, atendiendo clientes), aprovechó para dedicarse a su segunda afición favorita; cotillear.

Dylan les ofreció una sonrisa maliciosa. Así que Evel no le había dicho ni pío a nadie; ni siquiera su ingeniero de montaje estaba al tanto de que se había vuelto lo bastante loco como para dejar una joya digna de exposición como la *Triumph Thunderbird* en manos de una mujer.

—¿No sabes que le ha regalado la Triumph a su novia?

Ike se quedó con la jarra en la mano, como si hubieran congelado la imagen. Conor, directamente se atoró con la cerveza.

—¡Pero qué dices, hombre! —exclamó tras limpiarse la boca con la palma de la mano—. Es raro, pero no tanto como hacer semejante gilipollez.

—¡*Uuuuuyyyyy*, chavales, qué confundidos estáis! No sabéis el espectáculo que dio la parejita este mediodía... Lo sé porque estaba ahí —dijo Dylan, encantado de poder soltarlo de una vez.

Y seguidamente, se inclinó sobre la barra y comenzó a relatar con pelos y señales la reunión familiar en casa de los Gibb.

Media hora antes de que empezara la actuación, los músicos ya estaban en el MidWay conectando sus equipos y no dejaba de llegar gente. En una muestra más de que la razón de que Andy no le hiciera el menor caso al presidente del club de moteros no tenía nada que ver con el exceso de trabajo, la camarera había abandonado una barra atestada para acercarse al mini escenario a conversar con los cinco galeses que formaban la banda de rock encargada de amenizar la tarde de domingo a la concurrencia.

Conor meneó la cabeza molesto. Fue un gesto que no pasó desapercibido a Dylan, que continuaba por los alrededores, sirviendo y cobrando pedidos y, de a ratos, controlando por el rabillo del ojo los movimientos del motero de las rastas. Sabía por qué el interés de Andy hacia él se había enfriado. También sabía por qué Conor no entendía su frialdad. Lo que no acababa de entender -y no era que le importara, pero realmente le parecía curioso- era que un tipo tan listo como Conor no se hubiera dado cuenta de que había mujeres con las que un hombre no podía cometer determinados errores, y que Andy, a pesar de su gran juventud, era de ese tipo de mujer. Él mismo encontraba sorprendente lo claras que tenía las cosas la camarera. Era algo que, a pesar de ser evidente, Conor no había captado.

—Yo que tú, lo dejaría estar un tiempo —comentó Dylan mientras pasaba una bayeta sobre la barra para quitar restos de bebida.

—¿Más? Hace un mes que lo estoy dejando estar, tío. Si de ella dependiera podría quedarme toda la noche plantado aquí, que no me diría más que "hola, ¿qué vas a beber?". No sé qué coño le pasa y como me corta en seco cada vez que intento acercarme... —volvió a menear la cabeza—. Cuando se trata de tías, parece que me ha mirado un tuerto...

Dylan tuvo que sonreír de pura incredulidad. Estaba seguro de que a su edad, ni siquiera él había sido tan capullo, y eso que había sido el rey de los capullos.

—Cuando se trata de tías, no te aclaras. Si te va Andy, no hagas el gilipollas con Amy.

Conor alzó la vista. Miró al motero calvo con el ceño fruncido.

—¿Qué sabes tú que yo no sé?

Dylan se quedó mirándolo sin saber cómo tomar aquello. ¿Le estaba tomando el pelo? Pues estaba bueno eso de intentar tomarle el pelo a un calvo...

—Tío, hazme un favor; olvídame ¿quieres?

—Oye, no te pases, que yo no me enrollé con Amy —al ver que Dylan arqueaba una ceja, añadió—. *Vaaaale*, nos morreamos. Pero no hubo nada más. Y si la llevé de copiloto toda la quedada fue porque, como siempre, te pusiste pedo y la liaste buena. Me lo pidió Evel.

La ceja de Dylan volvió a arquearse.

—A un tío como Evel no se le dice que no cuando te pide un favor —explicó el presidente del club de moteros.

—¿También te pidió que te morrearas con Amy o eso fue cosa tuya?

—Paso totalmente de la amiga de Abby —insistió el motero de las rastas en un arranque de sinceridad—. Me gusta Andy. Desde que la vi por primera vez. De verdad, tío.

Dylan esbozó una sonrisa maliciosa al ver que, como si fuera cosa del demonio, Amy acababa de materializarse por la puerta que hacía esquina con su llamativo rubio platino y su cara hípermaquillada.

—¿Pues sabes qué te digo, chaval? Que se te acaba de presentar una ocasión que ni pintada para demostrarlo —sentenció Dylan, señalando con un ligero movimiento de su calva la cabeza platinada que atravesaba una maraña de gente en dirección a la barra.

Había sido ver a Amy y largarse volando. Conor ni siquiera se había llevado su pinta que seguía sobre la barra como prueba silenciosa de que alguien había estado allí, bebiéndola. Qué payaso, pensó Dylan. Escurría el bulto a la menor ocasión y luego no entendía por qué Andy no le hacía ni caso.

Lo peor era que con Dakota en la otra punta de la barra, Frank ocupándose de atender las mesas y Andy en paradero desconocido (hacía un minuto estaba con los músicos, y ahora no la veía por ningún lado), el único camarero disponible era él, lo cual le servía en bandeja a la rubia platino la ocasión de intentar iniciar una conversación con la excusa de pedirle una bebida.

Amy no había llegado a ver toda la jugada, pero desde la puerta había distinguido las inconfundibles rastas de Conor frente a la característica calva de Dylan, barra mediante. Y conociendo a éste último, no necesitaba más datos para saber por qué cuando ella finalmente logró emerger de la multitud de espaldas con insignias y ver la barra, solo quedaba Dylan sirviendo pedidos con expresión de "ni te he visto ni quiero". Expresión que le dedicaba a todo el mundo —era así de sociable y agradable—, pero muy especialmente a ella.

Desde aquella discusión en Barcelona, las pocas veces que Dylan se había dignado a abrir la boca en su presencia había sido para ladrarle, soltando espumarajos como un perro rabioso. Se tiraba a cuanta mujer conocía, ¿pero cuestionaba a cuántos hombres se tiraba ella? Menudo capullo.

"¿Así que pasas de mí? Muy bien. Pues ya somos dos, guapo", pensó Amy.

La verdad fuera dicha, estaba harta de sus desplantes. ¿Quién se creía que era? Nadie... Aparte de un tío que conseguía que se derritiera solo con mirarla, incluso cuando lo hacía con mala leche. Como ahora.

Mierda.

Pues, derretida y todo, no aguantaría más desplantes.

El irlandés acabó de servir el último pedido y miró a la amiga de Abby sin pronunciar una palabra. Le serviría su puñetera cerveza o lo que se le ofreciera sin decir más que lo imprescindible.

Pero para sorpresa de Dylan, Amy tampoco se mostró dispuesta a decir más de lo imprescindible.

La vio mirarlo de arriba a abajo con un desdén que soportó estoicamente por no darle el gusto de demostrar ninguna clase de interés. Finalmente, ella tampoco pronunció una palabra, pero el mensaje encerrado en aquel dedo corazón que le enseñó con descaro, habló alto y claro. No solo a Dylan; también a los clientes que estaban cerca que incluso la jalearon.

Amy no se quedó a esperar respuesta. Volvió a serpentear entre la gente hacia el otro extremo de la barra donde estaba Dakota.

Tess miró perpleja el gentío que abarrotaba el bar. Estaba tan lleno que varios moteros conversaban en la acera mientras hacían tiempo a que comenzara la actuación en vivo. En el alféizar de las ventanas se acumulaban pintas usadas y botes de cerveza de importación por lo que a la editora le quedó claro que el personal debía estar desbordado.

Se las arregló para atravesar la nube de gente y llegar a la barra de una pieza. Allí, la actividad era febril. Andy se afanaba por atender pedidos mientras uno de los camareros nuevos reponía bebidas con la ayuda de Dylan. Ni rastro de Samir, el responsable de fines de semana.

Tampoco veía a Scott. Aunque teniendo en cuenta que el bar estaba lleno era muy posible que estuviera por allí, recogiendo o atendiendo mesas. No entendía por qué no le había avisado de la situación. Si se había quedado hasta más tarde en casa de sus padres había sido por ayudarlos a recoger después de que las visitas se marcharan. Tras el emotivo regalo que Brian le había hecho a Abby, la pareja había desparecido como por encanto del jardín, dejando a la preciosa moto y a toda la familia allí. Consideró que ella debía quedarse, pero de saber cómo estaban las cosas en el bar podría haber adelantado su llegada al menos una hora.

Sin pensárselo dos veces, pasó al otro lado de la barra, dispuesta a ayudar. Dejó sus cosas en un estante que había bajo la caja registradora y sonrió al alzar la vista y ver que varias manos intentaban captar su atención.

—¿Sí, por favor, qué te sirvo? —le dijo la editora con un gran sonrisa al dueño de una de aquellas manos.

Detrás suyo, Dylan reprimió una carcajada. Demasiada amabilidad para aquella panda de gamberros deslenguados, pensó.

Pero no fue un motero quien reaccionó primero, sino una chica.

—Perdona, estoy yo —intervino la joven—. Llevo un cuarto de hora aquí.

El aludido, un veinteañero con barba de tres días y cabello de dudosa pulcritud sujeto en una coleta, torció el gesto.

—Porque tú lo digas. De eso, nada, guapa —dicho lo cual miró a Tess y añadió—: van a ser dos pintas y un whisky.

La editora no tenía la menor idea de quién estaba primero, y, francamente, le daba igual. Lo que no le daba igual a su hipersensible sentido de la amabilidad era la falta de una palabra al final de aquella frase. Entonces, la joven volvió a intervenir.

—Pues sí, lo digo yo y te diría más cosas, pero paso —y dirigiéndose a Tess añadió—: ¿Me pones una pinta, por favor?

—Una pinta. Ya mismo —replicó la editora.

Todavía no se había movido cuando el veinteañero empezó a manifestar su desacuerdo a voces. Dylan ya estaba junto a Tess, dispuesto a intervenir, cuando entre la multitud vio aparecer a Dakota, que bandeja en mano se dirigía hacia ellos. Pero la editora reaccionó primero.

—¿Has acabado ya? —le preguntó con amabilidad al joven. Él hizo un gesto ambiguo con las manos que Tess eligió tomar por un "sí"—. Atenderé tu pedido encantada en cuanto me lo pidas como corresponde. "Gracias" y "por favor" son las palabras más usadas en nuestro idioma. Por algo será, ¿no crees?

Acto seguido y sin esperar respuesta, Tess se dirigió al grifo, pero se encontró con una pinta recién servida frente a sus ojos. Le obsequió a Dylan una sonrisa de agradecimiento y regresó frente a la muchacha portando la cerveza. Andaba con cuidado sobre las tablas del suelo, temiendo que alguno de sus tacones quedara atrapado o diera un traspié, y aquella aventura suya acabara con una lluvia de cerveza. Interiormente, se sintió satisfecha de llegar a su destino sin haber derramado ni una sola gota del líquido ambarino que tanto gustaba a los moteros.

—Aquí tienes. Son... —consultó con la mirada a Dylan, que atendía al joven de las malas pulgas y fue él quien dijo en voz alta el importe a pagar. Tess esbozó una sonrisa—. Eso. Lo siento, no suelo estar de este lado de la barra.

—No hace falta que lo jures —respondió la chica al tiempo que le entregaba un billete de diez libras—. ¿No me recuerdas, verdad?

Tess frunció el ceño. ¿Se conocían? Llevaba el cabello teñido de negro, cortado en capas de distinto largo que junto a un profuso flequillo recto enmarcaba un rostro quizás demasiado maquillado sin rasgos destacables. Calculó que tendría la edad de Abby y al igual que muchas otras señoras allí presentes aquel día, mostraba una gran cantidad de metal en forma de anillos, colgantes y *piercing*. Una sensación incómoda la invadió al comprender que no, en efecto, no la recordaba. Estaba tan concentrada en intentar situar el rostro de la morena entre sus recuerdos que se sobresaltó al sentir que la tomaban del talle. Volvió la cabeza y entonces, se olvidó de todo. Una sonrisa inmensa ocupaba la cara de la editora cuando dijo:

—Hola, Scott. Ya estoy aquí.

—Ya lo veo —fue todo lo que respondió Dakota, que después de dejarle un ligero beso sobre los labios, tomó su mano y tiró de ella alejándola del mostrador sin mediar más palabras. Vació el asiento de un taburete por el eficaz método de inclinarlo y sacudirlo hasta que todo lo que había sobre él cayó al suelo, lo colocó en el hueco que quedaba entre la registradora y uno de los muebles con las bebidas y se volvió hacia Tess que lo miraba divertida.

—Te quedas aquí hasta que se vacíe un poco la barra —la tomó por la cintura e hizo que sentara sobre el taburete—. Luego, pasas del otro lado, ¿vale?

—¿Por qué no me permites ayudarte? —replicó Tess barriendo el salón atestado de gente con su mirada que pronto regresó a la de Scott—. Es evidente que lo necesitas.

Ya habían hablado del tema y odiaba repetirse, pero aquellos ojos que siempre lo miraban con tal dulzura que lo derretían, ahora lo miraban... *menos dulcemente.*

—Este es el único lugar de mi vida en el que no quiero verte. No es sitio para ti.

Tess mantuvo la sonrisa y su talante amable, pero, en efecto, su mirada no se endulzó. Ni se le iban a caer los anillos por atender la barra de un bar ni le agradaba ser tratada como si fuera una muñeca de porcelana.

—Como has tenido ocasión de comprobar, puedo arreglármelas perfectamente.

Dakota tuvo que reprimir una carcajada. Gracias al irlandés y a sus buenísimos reflejos, que había conseguido cerrarle la boca al motero con una pinta rebosante hasta los topes, la sangre no había llegado al río. No le habría importado soltarle una hostia. Lo habría hecho de muy buen grado porque se la merecía. Pero un motero borracho y cabreado no era buen negocio, y nadie lo sabía mejor que él. Sin embargo, ahí estaba Tess, convencida de que "podía arreglárselas perfectamente"...

Dakota se inclinó hacia ella hasta que su nariz tocó la de la editora. Le habló todo lo bajo que permitía el ruido ambiente.

—Vivo de lo que estos tíos beben, bollito. Y ellos vienen a beber, no a aprender lengua.

Tess asintió. Detestaba la falta de modales en la gente. Tanto, que a veces le resultaba imposible no hacérselos notar, y eso no siempre era lo más conveniente. Sonrió ante aquel suave rapapolvo que pretendía ser una excusa. Excusa que, por supuesto, no se creyó.

—Ah, entiendo. Bueno, si tus razones son de tipo económico, entonces...

No acabó la frase y a cambio, lo miró con picardía.

Esta vez fue Dakota quien asintió. Le robó un beso, y luego otro más. Finalmente fue al grano.

—Eres una joya exótica para este atajo de bestias. *Mi* joya exótica —sentenció a diez centímetros de sus labios—. No quiero tener que ponerme a repartir hostias cuando alguno se pase contigo, ¿conforme? —Tomó con dos dedos el billete de diez libras que ella aún sostenía en su mano y se lo quedó.

Los ojos de Tess volvieron a rebosar de dulzura.

—Conforme —respondió.

Más allá, la joven del pelo negro siguió, interesada, la interacción de la pareja.

Una vez resuelto el primer problema, y tras una breve parada en la caja registradora, Dakota se dirigió con rapidez a ocuparse del segundo.

Y lo hizo a su estilo; dejando el cambio sobre un pequeño platillo con el anagrama del bar y depositándolo frente a su dueña sin mediar palabra, ni siquiera un ligero contacto visual. A continuación, se puso a atender al siguiente motero sediento.

La joven siguió a Dakota con la mirada. Su larga melena sujeta en una coleta, su media perilla, aquel aire descarado tan seductor... Hacía mucho que no lo veía, pero salvo por la horripilante camiseta rojo chillón, le pareció que seguía siendo el de siempre; el motero más bueno de Londres y también el más borde. A pesar de las apariencias, su vida, estaba claro, había dado un vuelco. Lo que le habían dicho era cierto: ahora tenía un trabajo serio y una novia. ¿O sería una "más que novia"? Dio un rápido repaso a la mujer que, sentada sobre el taburete que Dakota le había procurado, conversaba con otro de los camareros, un tipo tatuado con el cráneo rasurado que también recordaba vagamente haber visto en alguna parte con anterioridad. No pudo evitar pensar que la mujer no acertaba a la hora de elegir lugares de diversión; en aquel bar tampoco pegaba nada. Menos todavía enrollada con alguien como Dakota. Podía entender qué le había visto ella -era un tío cañón y venía con tatuaje de dragón incluido-, pero ¿y Dakota? La tía era un vejestorio.

Volvió su atención hacia él. Notó que algunos clientes empezaban a demostrar su impaciencia y que Dakota hacía lo mismo con su mal genio. Cuando él regresó a por dos nuevas comandas, ella aprovechó la ocasión.

—¿No quieres que te eche una mano? Ya sabes que me muevo bien detrás de una barra... —dejó caer justo cuando Dakota se inclinaba para pasar una bayeta sobre el mostrador.

Él se limitó a echarle una mirada malhumorada y continuó retirando restos de cerveza con el paño.

—¿O es que tú tampoco me recuerdas? —añadió ella con malicia.

Dakota miró las larguísimas uñas pintadas de negro que tamborilearon sobre el mostrador y, a renglón seguido, los ojos cargados de maquillaje de su dueña.

La recordaba. Bueno, era una forma de decir. Recordaba haber tenido aquellas filosas uñas clavándose en su espalda mientras ella se corría de gusto. Su nombre, no. Ni falta que le hacía. Ya entonces, lo único que le interesaba de ella (y poco) eran los esporádicos polvos "de aquí te pillo aquí te mato" que le echaba cuando todavía trabajaba en el Club49. Y solo mientras duraban y, la verdad fuera dicha, duraban poquísimo porque en aquellas épocas vivía pedo, cuando no fumado. Vamos, que a duras penas se mantenía despierto. Porque solían follar de pie en el callejón de atrás, pensó, que si no... Tenía que darle las gracias al frío que era lo que obraba el milagro de mantenerlo empalmado y más o menos consciente.

Y si ya entonces su interés era tan poco, ahora directamente era nulo. No quería recordar ni que lo recordaran. Que acabara su cerveza y se fuera por donde había venido era todo cuanto le interesaba de la mujer que daba sorbos a su pinta mientras lo desnudaba con los ojos, y Dakota se lo comunicó con la sinceridad que lo caracterizaba.

—Olvídame —fue todo lo que respondió antes de ponerse a atender a otro cliente.

La llegada de Evel era muy esperada. A Dakota solo le faltó plantarle dos besos para festejar que habían llegado los refuerzos. Tras una calurosa, tirando a desesperada, bienvenida empezó a repartir la faena sin darle tiempo a su socio ni siquiera de dejar la cazadora y el bolso en el despacho.

—Tío, ponte con los snacks —le pidió—, que hace un siglo que se han acabado y todavía no me ha dado tiempo de ir a por más... Esto es una puta locura.

Evel permaneció donde estaba viendo cómo su socio salía a toda prisa de la barra, bandeja en mano, abriéndose paso entre la clientela mientras repetía "disculpa, que voy..." como un robot averiado.

Fue Tess quien lo sacó de su abstracción.

—Como ves, eres más que bienvenido —le dijo amablemente —. Intenté que me dejara ayudar, pero no hubo suerte. Lo siento.

¿Qué iba a responder alguien con un gran sentido de la amabilidad a la mujer que era la personificación de la amabilidad? Evel se sentía capaz de someter a su socio a una lenta y dolorosísima tortura por haberle aguado la fiesta de aquel modo, pero para su chica solo había una respuesta posible.

—Ah, no te preocupes, Tess. Además, hizo bien en llamarme. Para vérselas con esta gente hay que estar entrenado —añadió con una sonrisa.

—¿Y Abby?

La sola mención de su nombre hacía estremecer a Evel. Así de calientes seguían estando las cosas por su mente a pesar de los noventa kilómetros que había tenido para enfriarse. O quizás, a causa de ellos; había hecho todo el trayecto con Abby arrimándosele, muy mimosa. Noventa kilómetros sintiendo el calor de sus manos tocándolo aquí y allá, y en ocasiones, insinuándose un poco más allá de lo recomendable...

Diossss, menudo viajecito.

—En el baño, quitándose capas de ropa —se las arregló para decir. Eso, si había logrado atravesar la marabunta que atestaba el local.

Tess esbozó una sonrisa e hizo como si no se hubiera dado cuenta de nada.

—Me parece que haré lo mismo —replicó la editora al tiempo que tomaba las cosas que había dejado cerca de la caja registradora—. Subiré a cambiarme, que aquí hace mucho calor.

Cuando Tess se marchó, Evel echó un nuevo vistazo a la sala. Su lado planificador calculó que las previsiones de personal habían sido bastante acertadas ya que si Samir no se hubiera hecho aquel mal corte en la mano, el servicio habría sido suficiente.

Y él no tendría que estar allí, en vez de en la playa con su chica, pensó su lado de hombre enamorado.

—Tranquilo, tigre, que la espera multiplica las ganas. Tú piensa que en tres horitas más estarás poniéndote las botas —dijo la voz de alguien que pasó a su lado, casi empotrándolo contra el mostrador, y se alejó por el estrecho pasillo como una locomotora.

Tenía que ser Dylan, claro. ¿Quién otro conocía capaz de soltar por su bocaza lo primero que le pasaba por la mente y quedarse tan tranquilo? Que fuera calvo solo uno. El otro que conocía llevaba el pelo por la mitad de la espalda. Aunque, pensó, estaba claro que su propio estado de ánimo tenía que ser muy evidente para que el irlandés bromeara al respecto.

La locomotora regresó portando seis jarras vacías y una sonrisa maliciosa.

—Anda, espabila. Cobra una pinta y un *boilermaker*[1] —le dijo el calvo, entregándole un billete de veinte libras—. Las vueltas son para el erizo enfadado.

Evel no pudo evitar soltar una carcajada. Al instante miró hacia otro lado para que el veinteañero de la cresta color verde fosforito no lo viera troncharse de la risa.

—Jefe, ya que estás de cajero, que sean dos los *boilermakers* y añade una coca-cola —intervino Andy entregándole otro billete de veinte—. Las vueltas son para la princesa del pelo platino que no tiene claro si matar a un rastafari o a un calvo.

Se podía decir más alto, pero no más claro, pensó el irlandés. Andy estaba tan encantada de volver a encontrarse con la princesa del pelo platino que le había estropeado la noche en Barcelona, que no quería ni cobrarle la consumición.

---

[1] Boilermaker: (en Gran Bretaña) una pinta compuesta por mitad de cerveza rubia y mitad de cerveza marrón embotellada.

—Pues aquí tenemos un calvo y ver cómo intenta matarlo podría estar bien... —comentó Evel, sacando al irlandés de sus pensamientos. Le hizo un guiño a Andy.

—¿Matarme? *Bah.* Esa lo que quiere es un revolcón, pero me temo que se va a quedar con las ganas.

Toda la incomodidad y el bochorno que debió haber sentido el irlandés (y no sintió en absoluto) se reflejó en el rostro del socio capitalista del MidWay que soltó un bufido.

—¿Sabes? Ahora el que tiene ganas de matarte soy yo. A veces llegas a ser tan bestia, colega.

—*Séeeeee* —replicó Dylan, tomándolo a guasa al tiempo que palmeaba el hombro de su amigo afectuosamente—, pero ¿a que soy un calvito resultón?

—Resultón —repitió Evel, riendo. Con su cuerpo robusto y aquel estilo pandillero de vestir, marcando músculo, su piel cubierta de tatuajes y aquella calva lustrosa no tenía un aspecto agradable, precisamente. Para su gusto, y a pesar del éxito del que gozaba entre los humanos de sexo femenino, Dylan era cualquier cosa menos "resultón"—. Dios, las cosas que hay que oír... Pues si eres tan "resultón", toma —extendió la mano con el cambio—. Encárgate tú de darle las vueltas.

—¿En serio, jefe? —Andy le guiñó un ojo a Dylan—. La coca-cola es para tu novia.

Evel retrajo la mano al instante. Se inclinó sobre la barra buscando a la pareja de rubias. Una sonrisa amenazó con tragarse su cara cuando las localizó, cerca del escenario, y vio que Abby movía los dedos en el aire, saludándolo.

—Entonces dejaremos el espectáculo sangriento para otro momento —comentó el socio capitalista del MidWay. Le entregó su cazadora y el bolso a la camarera—. ¿Te importaría dejar esto en el despacho?

Andy y Dylan intercambiaron miradas divertidas.

—Faltaría más —respondió ella.

Evel hizo una breve parada para sacar cuatro *After Eight* de su suministro privado y depositarlos formando un abanico junto al dinero, sobre el platillo metálico con el anagrama del MidWay que utilizaban para el cobro de las consumiciones. A Abby le encantaba aquel tradicional chocolate inglés relleno de menta. Y a Evel le encantaba Abby y más aún, complacerla. Además, a su amiga le vendría bien poner algo en el estómago que suavizara el contundente efecto de un *boilermaker*.

Se dirigió hacia el final de la barra, donde estaba el miniescenario, sabiendo que apenas dispondría de unos pocos minutos antes de que los galeses empezaran a tocar y el volumen de la música hiciera imposible cualquier tipo de conversación. Pero, desde luego, pensaba aprovecharlos a tope.

Abby había dejado de atender a su amiga; toda su concentración, todo su interés estaba concentrado en la impactante figura masculina que se acercaba. Siempre vestía a la última moda y todo lo que se ponía le sentaba como un guante. Pero cuando escogía vestirse de negro, a ella le resultaba mucho más difícil quitarle los ojos de encima. Hasta en un bar lleno de moteros que adoraban aquel color, Brian destacaba. Siempre destacaba.

—¿*Holaaaa*? ¿Hay alguien? —dijo Amy moviendo las manos frente a la cara de su amiga en un vano intento de llamar su atención.

No obtuvo respuesta, así que siguió la dirección de la mirada de su amiga.

—*Vaaaale* —admitió—. Ya sé que no puedo competir con él por tu interés, pero podrías disimular un poco, ¿no?

Tampoco obtuvo respuesta esta vez. Notó que la sonrisa de Abby se ensanchaba tanto que pensó que con un poquito de maña podría unir el extremo de sus labios en un primoroso lazo detrás de la nuca.

—Hola, Amy —dijo Evel, ofreciéndole el platillo con el billete de veinte y los dulces. Sus ojos, en cambio, no se apartaron de su chica —. Invita la casa. ¿Os apetece algo dulce?

Abby salió de su abstracción contemplativa y tomó uno de los *After Eight*.

—Gracias, Brian —murmuró con una dulzura que al motero le hizo temblar las rodillas.

—No, gracias, Brian —respondió Amy, imitando a su amiga— ¡Cuánto amor hay en el aire! —y empinó el vaso, a ver si el potente brebaje que había decidido meterse por el gaznate, diluía el cabreo que sentía a cuenta de cierto motero calvo que a pesar de ser amigo del hombre más galante de la galaxia, de él no se le había pegado nada.

Abby ignoró el comentario, dio un mordisquito al dulce y acercó el resto al motero para que él hiciera otro tanto.

Para sorpresa (y cierta envidia) de Amy, Evel tomó el trozo de chocolate entre los dientes, se inclinó por encima de la barra hasta que su rostro estaba a un palmo del de Abby.

—Joder con el tío... —exclamó la rubia platino, alucinando con aquel despliegue imposible de sensualidad—. Chico, ¿no has pensado en dar clases? Conozco a un par de tipos a los que les vendría de miedo...

Evel sonrió, algo sonrojado. Abby, en cambio, se relamió del beso que acababan de regalarle y sin hacer el menor caso a su amiga fue a por otro.

La pareja volvió a enredarse en un beso con sabor a chocolate, más largo y más caliente que el anterior, ante la mirada incrédula de Amy que meneó la cabeza.

—Señor, qué calor empieza a hacer aquí. —Miró con resignación su *boilermaker* que, por lo visto, era la única clase de entretenimiento que podía esperar de aquella noche.

Sus palabras, sin embargo, quedaron sepultadas por el sonido de la batería y nadie las oyó.

Andy se quedó cortada al ver cómo Conor y Amy seguían la actuación de los galeses animadamente, incluso marcándose algún baile en el mismo reducido sitio que ocupaban. Muy cerca, Ike hacía algo parecido con una motera.

Y no era que hubiera esperado que el presidente del club de moteros se quedara arrumbado en un rincón de la barra, ahogando sus penas en un barril de cerveza. Nada de eso. Pero no dejaba de sorprenderle la inmensa facilidad con la que Conor cambiaba de estado de ánimo; hacía apenas media hora parecía hundido en la miseria por su indiferencia y ahora estaba pletórico mientras charlaba y bailaba con otra mujer, como si tal cosa.

Y no con una mujer cualquiera; con la misma que según él, había estado en Barcelona por hacerle un favor a Evel.

¿Acaso esto sería *otro* favor?

Cerca, ocupando un taburete como un cliente más ahora que Evel había llegado, Dylan detectó el gesto.

—¿Me pones unos cacahuetes? A ver si se calma el tigre que tengo en el estómago.

Aquel pedido a voces sacó a Andy de su ensimismamiento con una sonrisa forzada. Se aproximó a Dylan y le hizo señas de que se acercara. El batería estaba aporreando su instrumento ante un público entregado que, para peor, lo jaleaba. El ruido era ensordecedor.

—¿No prefieres un canapé? —le dijo cerca del oído—. Están de vicio. Te recomiendo el de pimiento y atún.

—¿Atún? *Nah*. De chaval, tuve una pelea gorda con él y no hemos hecho las paces todavía...

Andy lo miró risueña.

—¿Y no te parece que ya va siendo hora de que lo hagáis? El atún es un poco pesado, pero es buen tipo...

Los ojos color cielo de Dylan enfocaron en Andy con tal expresión que a ella le dio la risa. Esta vez fue él quien le hizo señas de que se acercara.

—Si es por eso, tú también podrías hacer las paces con Conor. Es un coñazo, pero sin duda, un buen tío.

—¿Te ha mandado de emisario de la paz o te has apuntado voluntario?

—¿Qué? —repitió Dylan, e instintivamente se estiró hacia adelante.

Andy hizo lo mismo al mismo tiempo ¡y zas!

—¡Vaya !—se quejó la camarera llevándose la mano a la frente que acababa de estamparse contra la cabeza del irlandés—. ¡Sí que es dura!

Lo vio reír al tiempo que se frotaba la calva.

—La tuya seguro que también se entrena en el gimnasio —dijo —. ¡Hasta el tigre se ha desmayado! Ya no hace falta que me pongas los cacahuetes.

Andy volvió a acercarse. Esta vez indicándole antes con las manos lo que se proponía hacer para evitar más accidentes.

—Ya, tú cambia de tema que yo no me doy cuenta —le dijo al oído. Se miraron con picardía y Andy continuó—. Antes de que me decoraras la frente con un chichón morado, te pregunté si te habían mandado como emisario de la paz o si te habías apuntado voluntario... Pero esta vez, no me cabecees, ¿vale? Dime que pasas de responder; será menos doloroso. —Volvió a mirarlo con guasa.

Y la expresión del irlandés volvió a conseguir que a la camarera le diera la risa.

—¿Mandarme? Ja. Para eso tendría que pedírmelo. Dudo que su amor propio dé para tanto, guapa.

Andy volvió a mirar hacia la zona próxima al escenario. Conor había tomado a Amy de una mano y juntos intentaban improvisar un *rock&roll* bastante bochornoso. Se estaban divirtiendo. Nadie diría que la mujer que "le importaba" era alguien distinto de la rubia platino que se contoneaba junto a él.

—Entonces, no te apuntes voluntario. Para mí es un tema zanjado.

Acto seguido, la camarera se apartó. Puso dos buenos puñados de cacahuetes en una pequeña cesta de mimbre y sirvió una pinta de cerveza.

Dylan continuó observándola con atención. Sabía su edad porque Dakota lo había mencionado en una ocasión, y ya entonces lo había sorprendido. Andy no tenía ni la actitud ni las reacciones de alguien tan joven. Sin embargo, lo era. A veces, cuando reía a mandíbula batiente por las bromas de alguno de los moteros, su cara se iluminaba con el desenfado propio de la adolescencia, y solo entonces, parecía en consonancia con su edad. Controlaba sus emociones mejor que muchos adultos que conocía, y en el asunto Conor lo hacía con sorprendente eficacia.

—Qué dura. ¿También es por el entrenamiento? —apuntó el irlandés mientras ella depositaba los cacahuetes y la pinta frente a él

—. Mmm... ¿qué parte de "no me pongas los cacahuetes" no has entendido?

—¿También quieres que me lleve la cerveza? Es que vienen juntos, ¿sabes?

—Vale. Entonces, que se queden —Dylan sonrió—. Es un buen chaval. No seas tan dura con él.

Era cierto que estaba muy molesta con Conor, pero le resultaba imposible no reparar en el hecho de que él no había perdido ocasión de desmerecer al que ahora lo defendía. No lo hacía de forma abierta, pero las alusiones críticas hacia el irlandés las dejaba caer una y otra vez. Así que ¿era tan buen chaval? Andy ya no lo tenía tan claro.

—¿Qué parte de no te apuntes voluntario no has entendido, calvorotas?

La música cesó. Los músicos recibían aplausos y se disponían a hacer un descanso antes de continuar. Lo cual quería decir que la conversación estaba a punto de llegar a su fin, ya que los clientes aprovecharían el recreo para el avituallamiento.

—Lo hace por darte celos. Estar con Amy —aclaró.

Andy esbozó una gran sonrisa y se acercó para hablarle al oído.

—Amy también —le dijo con malicia—. No seas tan duro con ella.

Y un instante después, se despidió con un gesto de la mano y se puso a atender a los clientes.

La actuación del quinteto galés había gustado mucho a los clientes del MidWay y mientras Dakota despachaba cerveza como si fueran el único local abierto en cien kilómetros a la redonda, Evel les liquidó su porcentaje y programó con ellos una nueva actuación para el próximo mes.

Las cosas estaban yendo muy bien en el bar y eso era doblemente bueno. Por un lado, hacía posible mantener lo que de verdad les interesaba a los dos; su sociedad en el taller y, por otro, la contratación de más personal había supuesto un ascenso para Andy y el consecuente aumento de sueldo que los dos socios sabían que la muchacha necesitaba. Todo estaba yendo viento en popa... Lo cual no evitaba en absoluto que aquella noche en particular Evel se sintiera como un león enjaulado, desesperado porque llegara la medianoche, cerrar el bar y poder disfrutar, al fin, de un rato íntimo, a solas, con su chica.

Algo que, entre unas cosas y otras, no ocurrió hasta cerca de las dos de la madrugada. Era tarde y Evel lo sabía. Sabía que después de haber desaparecido de casa de los Gibb de aquella manera intempestiva, el margen de tiempo de que disponían no era mucho; un par de horas a lo sumo y mal que les pesara a los dos, tendría que llevarla a casa, despedirse, y que cada cual durmiera en su cama. Los Gibb eran una familia de ideas conservadoras y Evel era plenamente consciente de que por más que gozara de un trato especial por parte de Amelia Gibb, había normas muy claras en aquella casa que él no pensaba empezar a transgredir tan pronto.

Ganas no le faltaban, desde luego, pensó mientras seguía a Abby hacia el edificio donde tenía su piso. Cuando estaba con ella lo que deseaba por encima de todo era olvidarse del mundo, de la hora, de las responsabilidades... y disfrutar a fondo de lo que tenían.

Después de medianoche el edificio se mantenía iluminado pero sin portero exterior, de modo que Evel adelantó a Abby y abrió la gran puerta de cristal para ella.

—Con un portero así me pasaría todo el día entrando y saliendo —comentó Abby con coquetería cuando pasó a su lado—. Definitivamente, cambio librea por minicresta.

Evel le obsequió una sonrisa sensual, pero no hizo ningún comentario. El conserje nocturno ya se había puesto de pie, dispuesto a darles la bienvenida como correspondía a su puesto.

—Buenas noches, señor Rowley —el hombre hizo una inclinación de cabeza al mirar a Abby—. Señorita Gibb.

Los dos respondieron al saludo y pasaron tranquilamente frente al lujoso mostrador de recepción del edificio donde vivía Evel. Entraron en el espacioso ascensor con capacidad para ocho personas y él pulsó el botón de su planta. Esperó en silencio a que las puertas se cerraran y, entonces, la miró.

—Con una vecina así yo también me pasaría el día entrando y saliendo... —avanzó despacio hacia ella—. ¿No quieres saber de dónde?

La mirada brillante de Abby siguió cada gesto y cada movimiento del motero con total atención. Él se detuvo frente a ella, apoyó las manos contra la pared del ascensor, a cada lado de Abby, obligándola a elevar el mentón para que sus miradas siguieran en contacto.

—No. —Sus ojos se desplazaron a los labios del motero.

—Mentirosa.

Abby respiró hondo. La estaba imitando. De pronto, él volvía a hacer eso que ella le había confesado que le chiflaba que hiciera; echársele encima. De pronto, estaban tan cerca que sentía su aliento caliente besándole la piel, aquel embriagador tono de voz arrullándola...

De pronto, era como si el tiempo hubiera retrocedido seis horas y estuvieran en la costa, hablando naderías enredadas en besos al abrigo de aquel portal.

Abby se dio la vuelta. Apoyó ambas manos sobre la pared del ascensor junto a las del motero y pegó su espalda contra él. Un gemido escapó de la boca masculina cuando ella comenzó a insinuarse.

Se insinuaba físicamente, se mostraba dispuesta a sus caricias y a sus besos, pero, luego, no lo animaba a seguir hablando.

—Vale —concedió Evel—, sigue siendo pronto para esto. Tú mandas, linda.

La mano del motero recorrió el perfil de Abby en una caricia descendente que acabó entre sus piernas, donde continuó moviéndose insinuante y abrasadora.

—Tú mandas —volvió a susurrarle al oído—. Las cosas entre nosotros siempre serán como tú quieras que sean, ¿lo sabes, no?

Sentir su aliento caliente en la nuca la hizo estremecer. Abby exhaló un suspiro.

—Dime —insistió Evel doblándose sobre ella y estrechándola fuerte—. ¿lo sabes, no?

El ascensor se detuvo, pero ninguno de los dos hizo el menor ademán de apartarse. Al contrario, Abby se dio la vuelta y lo abrazó fuerte.

—¿Y tú? —murmuró buscando su mirada— ¿Sabes que te amo con toda el alma?

Él se metió en su boca sin prolegómenos. Le dio un beso profundo y largo.

—Diossss... Sí, lo sé... Soy un tío con mucha suerte... Pero por favor, Abby, dímelo otra vez —pidió en un ruego, estrujándola en un abrazo posesivo al que ella respondió de igual manera.

Abby volvió a pronunciar aquellas dos palabras y él volvió a estrecharla fuerte.

—Otra vez... —rogó Evel.

—Diossss, lo que siento por ti es tan grandioso, tan... —apoyó la cara sobre el pecho de Evel, embriagada. Entonces, oyó los martillazos que daba su corazón y comprendió que él se sentía igual, completamente sobrepasado por un sentimiento que no hacía más que expandirse, volverse más y más fuerte cada segundo que pasaba—. Es como una marea que no para de crecer... Y desde que te lo dije por primera vez, es como si ya no hubiera contención... Podría repetírtelo cada minuto del día y al siguiente, volver a sentir que si no lo digo me ahogo...

—Entonces, sigue diciéndomelo, por favor —rogó él—. Hazlo, porque para mí tú lo eres todo. Todo, Abby.

Las puertas del ascensor se abrieron y al cabo de un rato volvieron a cerrarse, mientras en su interior continuaron resonando las dos palabras más poderosas del mundo.

ENTRE-HISTORIAS 2

Jueves 6 de agosto de 2009.
Rowley Customs.
Londres.

Evel estiró los brazos por encima de la cabeza, desperezándose a gusto. Llevaba un buen rato intentando concentrarse en el trabajo, pero esta mañana le estaba costando. La ansiedad crecía a medida que se acercaba el momento de ponerse a trabajar en el primer customizado íntegramente diseñado y construido en su taller. El primero de muchos. Todavía quedaban tres semanas hasta que llegaran todas las piezas, como mínimo, pero al ritmo enloquecido de trabajo que actualmente soportaban tres semanas no significaban nada. Cuando quisiera darse cuenta, sería septiembre. Con un poco de suerte, todas las piezas y partes estarían dispuestas para el montaje, y con la mayoría del personal de regreso de vacaciones, daría comienzo una nueva etapa para él y su equipo de mecánicos.

Y con muchísima más suerte, dicha etapa también incluiría a Abby y sus alucinantes grafismos.

Eso era lo que, en realidad, lo tenía al borde del ataque de ansiedad. Decírselo. Proponérselo. Sabía que a Abby le había encantado la experiencia de trabajar juntos, pero las cosas le estaban yendo verdaderamente bien con el *bodypainting*. Se estaba haciendo un nombre en el mundo del arte corporal y las propuestas que recibía eran cada vez más atractivas. Abby estaba súper ilusionada con las perspectivas que se estaban abriendo ante sus ojos y, suponiendo que estuviera dispuesta a que volvieran a trabajar juntos, ¿de dónde iba a sacar el tiempo? No iba a poder mantener las dos actividades sin que alguna acabara resintiéndose o, peor aún, lo que se resintiera fuera su salud por querer abarcar más de lo posible. No quería ser quien la pusiera en la tesitura de tener que elegir. Tampoco, dicho fuera de paso, arriesgarse a la posibilidad de no ser el elegido. Dios, qué egoístas le resultaban sus propios pensamientos aquella mañana. Soltó un suspiro que no consiguió aliviar en lo más mínimo su ansiedad, y se fue a por el café que había dejado haciéndose en la cocina-comedor.

De regreso a la sala de ordenadores, se cruzó con AJ que acababa de llegar. Si su jefe de taller ya estaba allí quería decir que eran las siete y que él llevaba una hora dando vueltas sin hacer nada productivo. Otro suspiro.

Volvió a sentarse frente a la pantalla, mirando el soberbio prototipo que se mostraba en todo su esplendor con efectos 3D, mientras daba sorbos a su taza de café. Tampoco era que hubiera dormido mucho. Tanto Abby como él habían acabado tardísimo de trabajar el día anterior. A duras penas habían conseguido comer algo en un italiano que cerraba tarde. Después de una suculenta cena y una sobremesa en la que habían compartido charla y profiteroles, habían ido a su piso...

Otro suspiro escapó del pecho del motero. Hacerle el amor a la mujer más importante de su vida era, por sí solo, una experiencia sublime. No necesitaba ninguna clase de estímulos. Pero los había tenido; Abby había vuelto a atarlo... Y él había vuelto a enloquecer de deseo. ¡Dios, y de qué manera!

No había sido algo planeado. Simplemente, Evel había tentado los límites de su chica otra vez. Lo hacía porque lo deseaba y también porque no podía evitarlo. Amar y sentirse correspondido le había descubierto una parte de sí mismo que desconocía y necesitaba explorarla junto a Abby. Y ella, a pesar de sus mejillas arreboladas y su pudor, le había seguido el juego. Probablemente, lo había hecho por las mismas razones que él. Una cosa había llevado a la otra y a falta de bufandas de seda negra, esta vez habían echado mano de su colección de corbatas. Corbatas. Increíble. Y pensar que llevaba toda la vida odiando ese complemento de vestir de uso obligatorio en las frecuentes fiestas de los Rowley, para venir a descubrir a la vuelta de los treinta, qué placentero podía ser vestirlas en según que circunstancias. Y en según qué partes del cuerpo...

Tuvo que reír ante lo calientes que se habían vuelto sus pensamientos en un instante. Encontraba sorprendente la naturalidad con que sucedían las cosas y la gran sintonía que existía entre los dos. Bueno, eso y la forma alarmante en la que sus emociones iban de un extremo al otro; de la ansiedad por un posible futuro profesional en común al deseo más básico, sin solución de continuidad. ¿Acababa de empalmarse? No podía creer que estuviera allí solo, en su taller, con un taza de café entre las manos y la polla dura.

Rápidamente, consultó el reloj. Comprobó que, por desgracia, era demasiado temprano incluso para llamar a Abby.

Genial.

Lo peor era saber que ahora no podía pensar en trabajo. No conseguiría volver a concentrarse en la puñetera pantalla.

En aquel momento, cuando creía que las cosas no podían empeorar, recordó que aquel recinto, a diferencia de su despacho, estaba integrado en el sistema de cámaras de seguridad. Dejó el café sobre la mesa. Se levantó de la silla y, disimuladamente, se abotonó la camisa con el emblema de Rowley Customs que, como siempre, llevaba encima de una camiseta. A continuación, Evel volvió a salir de la sala de ordenadores.

Y esta vez, no se dirigió a la cocina.

La llegada de Abby había sorprendido a los dos únicos empleados que se encontraban en el taller a aquellas horas; AJ y Niilo. No solo porque era muy temprano -ni siquiera habían abierto todavía-, también porque venía pilotando a Harley R. Que supieran, era la primera vez que la conducía desde que se había convertido en su flamante propietaria.

—Buenos días, guapísima. ¿Te has animado a sacar tu máquina del garaje? —fue el saludo de bienvenida que le dio AJ. A continuación, y con diferencia de un segundo, llegó su abrazo.

Niilo, más atento en inspeccionar la *Triumph Thunderbird* aparcada en la rampa de acceso, se limitó a hacerle un guiño.

—Así es —replicó ella, mirando su moto orgullosa—. Voy nerviosita, lo admito. Un rayón y el motero se me muere... Pero alguna vez tenía que ser la primera. Semejante belleza tiene que lucirse. ¿Y Brian? —dijo al ver que su despacho estaba a oscuras.

—Sigue inspirado —respondió el sesentón señalando la sala de ordenadores—. ¿Le aviso que estás aquí o le das una sorpresa?

Abby, que ya había empezado a alejarse hacia la escalera que llevaba a la planta superior, se volvió sin detenerse y sonrió, toda picardía.

—¿A estas altura y todavía me lo preguntas?

Abby procuró subir las escaleras sin hacer ruido, pero los delgados tacones de sus botines tobilleros no se lo estaban poniendo nada fácil. Después de la cena romántica y la subsiguiente sobremesa caliente que habían compartido la noche anterior, que en realidad no había tenido lugar sobre la mesa sino sobre la cama (y otras superficies viables de la casa), la ansiedad por verlo había dominado buena parte de la noche, incluso en sueños. Hasta el punto de que la idea de levantarse pronto, presentarse por sorpresa en el taller y pasar un rato juntos se había tornado en una necesidad imperiosa.

Al fin llegó a la cima de la escalera. Continuó avanzando hasta la sala de ordenadores de puntillas y cuando estaba a un paso, se detuvo para echarse un vistazo. Pasó una mano por los vaqueros y estiró la cazadora para que cubriera el cinturón. Finalmente, repasó el peinado por si el casco lo había achatado. Todo estaba en orden, de forma que avanzó y extendió la mano para tomar el pomo de la puerta. Entonces, ésta se abrió y se encontró frente a frente con Evel que iba en la dirección contraria.

—¡Pero si estás aquí! ¿A qué has venido, linda? —dijo estrujándola amorosamente, feliz de tenerla con él—. ¿A traerme un desayuno tempranero, quizás?

La cara de Abby se iluminó con una sonrisa. Le encantaba Evel cuando mostraba su faceta de hombre tierno, pero cuando la cambiaba por la de demonio, y lo hacía de aquella forma tan educada y al mismo tiempo tan sugerente, la derretía.

—Por lo que veo, insistes en la idea.

Esta vez fue él quien suspiró. Tiró de ella dentro de la sala y cerró la puerta. A continuación, la atrajo un poco más y buscó la suave porción de piel justo debajo de la oreja y la acarició con la punta de la nariz. Ella inclinó la cabeza para dejarle la vía libre.

—Gracias por salvarme de la locura, nena. Me moría por verte y sí, insisto en la idea —ronroneó él—. ¿Te dejas o tengo que insistir más?

—Me dejo... Yo también me moría por verte —le echó los brazos alrededor del cuello y se pegó a él—. Si no venía, iba a estar todo el día insoportable y hoy me toca trabajar con la créme londinense...

—Has hecho bien. Ve a despedir al taxi y vuelve —y para cuando lo dijo, apenas un susurro, sus brazos se habían cerrado en torno al talle femenino, impidiéndole el movimiento—. No tardes.

—He venido en moto...

—¿Montas la Triumph? —susurró él, doblándose sobre Abby y hundiéndole la lengua en la boca en un beso caliente y breve.

—Ajá...

—Esa es mi chica.

—Ya. Tu chica empieza a trabajar en una hora y acabará más tarde que ayer...

Esa era la perspectiva de cada día desde que estaban juntos. Hacer milagros para poder verse diez minutos. Parecía una conspiración siniestra del destino.

—Joder... —se quejó Evel. Pero volvió a besarla. Esta vez el beso fue más largo y más profundo.

—Dios, sueño con nuestro finde en Mersham... Necesito encerrarme en algún sitio contigo y tirar la llave. Solos tú y yo.

Se refería al fin de semana que pasarían juntos gracias a que Abby participaba como artista invitada en el Festival Nacional de *BodyPainting* que se celebraba cada año en aquella localidad, a finales del verano. Un fin de semana sin interrupciones ni compromisos familiares, plan al que se aferraban como náufrago a un tronco para sobrevivir a días interminables de trabajo y ansiedad.

—De verdad, Brian, lo necesito....

Mientras Abby hablaba él intentaba atraparle la punta de lengua. Y ella, más que solícita, se dejaba.

Sin darse cuenta, habían vuelto a enredarse en una de aquellas interacciones tan suyas, en las que hablaban y al mismo tiempo se comían a besos, y la combinación de lo uno y lo otro los iba encendiendo hasta que caían rendidos en los brazos del otro y daban rienda a su pasión. Y seguían hablando y comiéndose a besos en una sucesión que, de forma intermitente, podía durar horas. Hoy, sin embargo, la parte "caer rendidos en los brazos del otro" tendría que esperar a un momento mejor.

—No tengo mucho tiempo.... Para un mini desayuno... Quince minutos o así, pero me bastan si a ti te bastan... Cierra los estores —susurró Abby. Sonó a súplica y Evel se estremeció de la cabeza a los pies.

—Ay, linda... —su lengua recorrió un largo y ardiente sendero desde el lóbulo hasta el final del cuello femenino, todo lo abajo que le permitía el cuello de la cazadora—. Nunca tengo bastante de ti, pero me apunto a lo que sea... ¿Aquí, seguro?

—Te dije, hace tiempo, que donde tú quisieras —lo miró a los ojos—. ¿Quieres?

El corazón de Evel subió hasta la garganta y volvió a bajar de golpe cuando recordó que había dos cosas que decir al respecto. O mejor dicho, una que llevaría a otra, que no estaba del todo seguro cómo se tomaría ella. La apartó solo lo bastante para poder mirarla mientras se lo decía.

—Quiero. Vive Dios que quiero, pero... Tenemos dos problemas.

—¿Cuáles? —Esta vez fue la lengua de Abby la que recorrió el largo y ardiente sendero que unía la oreja y la clavícula del motero, poniéndolo a temblar.

—Esta sala está incluida en el sistema de vigilancia por vídeo. Hay cámaras aquí. Nos están grabando.

Claro, las cámaras... De pronto, el rostro de Abby se tornó serio.

—¿En el taller también? —No esperó respuesta porque ya la conocía. Habían capturado a sus agresores gracias a ellas—. Entonces, nuestra primera cita aquí...

Evel asintió. El rostro de Abby pasó del blanco al rojo bermellón.

—Ese es el segundo problema —admitió el motero, ahora tan rojo como ella. De puro bochorno. ¿Cómo había podido ser tan imbécil de olvidarse de las cámaras?

Abby retrocedió un paso, completamente tensa.

Él casi dio un respingo. Intentó aproximarse nuevamente, pero ella lo detuvo con un gráfico gesto de las manos.

—¿Se grabó... todo? —le preguntó al cabo de un rato.

Todo, no. La sesión de chocolate de su despacho se había librado de las cámaras, sencillamente porque allí no las había.

—*Casi* todo. Pero te prometo que nadie lo ha visto —volvió a intentar abrazarla y una vez más Abby se lo impidió. Evel, que empezaba a desesperarse, continuó con vehemencia—: Te lo juro, Abby. Lo borré del servidor. Lo siento mucho, linda. Se me olvidaron las puñeteras cámaras... —la tomó por un codo y buscó su mirada—. Te doy mi palabra, nadie lo ha visto.

Abby apartó la mirada. Se sentía tan rara... Su mente rechazaba la idea de que algo tan íntimo estuviera recogido en un vídeo y que hubiera sucedido sin su conocimiento le sabía a traición. Una clara violación de su derecho a la intimidad. Pero algo en su interior, no sabía exactamente qué, le enviaba mensajes de otro tipo. Mensajes que hablaban de confianza en él, de curiosidad, de que, en última instancia, no la habían grabado perpetrando un delito, sino haciendo el amor con el hombre que amaba.

Evel aprovechó el momento para tirar de ella suavemente y volvió a abrazarla. En un primer momento, Abby no le correspondió, pero cuando él la estrechó más fuerte, al fin se relajó. Sintió que todo su cuerpo, que hasta aquel momento había estado en guardia, empezaba a ablandarse como si fuera de chicle.

—No sabes cómo lo siento, linda —le susurró al oído—. Lo último que habría querido es que un momento tan importante y tan nuestro acabara en un servidor de internet por mi culpa, créeme.

Los ojos de Abby ascendieron lentamente por el rostro del motero. Sus mejillas se arrebolaron cuando dijo:

—¿Y tú... lo has visto?

En un primer momento, no. Pero al fin, una de aquellas noches insomnes, cargadas de ansiedad y de deseo, había claudicado. Y ni se arrepentía de ello ni pensaba mentir.

Evel asintió repetidas veces con la cabeza. Abby respiró hondo. Cada segundo que pasaba se sentía más rara.

—Pero lo has borrado... —quiso asegurarse.

Evel volvió a asentir. Podía dejarlo ahí. O hacer caso a su intuición, decirle la verdad y ver qué sucedía.

—Del servidor, sí —sentía el corazón latiendo en la raíz de la garganta, sabía perfectamente que se la estaba jugando. Hizo una pausa tras la cual añadió—. Pero tengo una copia.

Un estremecimiento recorrió a Abby cuando la imagen de Brian excitándose mientras miraba la grabación se clavó en su mente. Una cascada de sensaciones se adueñó de su cuerpo, todas muy distintas de las que habría cabido esperar.

—Dime que no la he fastidiado, linda —suplicó al tiempo que la abrazaba con todas sus fuerzas—. Dime que sigues confiando en mí, que todo sigue igual... —buscó su mirada, lleno de preocupación—. Dime algo, Abby, por favor...

Desde fuera ya les llegaban los sonidos habituales del taller. Eran las ocho, hora de abrir.

Se miraron intensamente. Evel estaba ardiendo desde que había abierto los ojos al nuevo día y el deseo empezaba a emerger con fuerza de aquella cascada de sensaciones extrañas que Abby seguía sin sentirse capaz de poner en palabras.

—Me quedan diez minutos... —murmuró Abby.

Evel la estrujó entre sus brazos. Apretó los párpados, agradeciendo a todos los dioses del Olimpo y aledaños haberse salvado por los pelos de tamaña metedura de pata.

—El portátil está en mi despacho. Voy a apagar la cámara de esta sala. Enseguida vuelvo —murmuró, robándole un beso a la que se alejaba en dirección a la puerta.

Pero Abby lo detuvo. Él se volvió a mirarla.

—Déjala —le pidió, manteniéndole la mirada a pesar de que todo su rostro, el cuello, y estaba segura que toda ella, se había puesto roja.

Evel volvió sobre sus pasos y los dos se fundieron en un abrazo apasionado, robándose besos incendiarios y regalándose caricias apasionadas.

—Baja los estores y echa el cerrojo —susurró Abby, pero ninguno dejó de hacer lo que estaba haciendo: llover besos y caricias sobre el otro.

Al fin, ella se bajó la cremallera de la cazadora. Se las arregló para abrirla de par en par mientras él la devoraba a besos.

—Si quieres que haga eso con mi sostén que te vuelve loco... —dijo lamiéndole los labios mientras él intentaba atrapar su lengua, totalmente entregado a la pasión que sentía—, baja los estores y cierra la puerta.

Evel hizo lo que le pedía con torpeza, andando a trompicones. Estaba borracho de amor, loco de pasión, totalmente embriagado por lo que sentía y por cómo se iba a sentir cuando ella tomara el borde de las copas y con movimientos insinuantes, se bajara el sostén muy despacio... Y él se derritiera a cachos, loco por comérsela entera, por arrancarle las bragas y hacerla chillar de placer. Dios, ¿acaso tenía doble personalidad y no se había enterado hasta ahora? ¿Cómo puñetas podía pasar en un segundo de ser un caballero enamorando a su dama a convertirse en semejante salido, loco por hincársela? Aquello no podía ser normal.

Cuando regresó junto a ella, Abby ya se había quitado la cazadora y la camiseta. Los ojos de Evel se regodearon en aquellos pechos turgentes que rebosaban de un escotado sostén de encaje que dejaba poco a la imaginación. Encima, pensó, era blanco. Dos pezones totalmente erectos, tan rojos como sus areolas, se distinguían perfectamente a través del tejido. Solo con imaginar su tacto aterciopelado sobre la lengua llegó a la erección plena. Sin darse cuenta, se lamió sus propios labios en un gesto desesperado.

Abby se tocó los pechos, tentándolo. Fue un movimiento suave, rápido, que Evel siguió con la mirada, extasiado. Sabía lo que venía después, y lo esperaba con ansia.

Entonces, el teléfono empezó a sonar. Abby no se detuvo. Continuó con su ritual mientras Evel continuaba con el suyo, sin hacer el menor intento de estirar la mano y atender la llamada.

Miró totalmente abstraído cómo Abby bajaba una tira del sostén, y a continuación hacía lo mismo con la otra. Eso relajaba parte de la sujeción a la que el sostén sometía a sus pechos, dándole margen de maniobra para liberarlos... y convertirlo a él en el tío más caliente del planeta. Las copas empezaban a descender dejando cada vez más carne a la vista. Sintió que una punzada le recorría su miembro cuando un pezón quedó a la vista. El segundo tardó algo más, pero aquello le resultó mucho más sensual. Quedó a la vista brevemente. Luego, la copa volvió a ocultarlo. Solo un poco, lo bastante para que se le hiciera agua la boca de deseo. Una nueva punzada le recorrió la verga, esta vez más intensamente, y acabó en una pequeña fuga líquida. Su mano fue a aliviar la situación instintivamente y ya no se detuvo.

El teléfono dejó de sonar, pero en aquel momento, cuando Abby culminaba su obra maestra y sostenía sus pechos desnudos en las manos, ofreciéndoselos insinuante, se oyó la voz de AJ por el intercomunicador diciendo:

"A ver, señor Rowley, tienes al personal en fila, esperando a que pases revista".

Abby no se lo pensó dos veces. Se dirigió hacia el motero que seguía extasiado en sus delanteras, salivando como un chucho hambriento a la vista de un trozo de carne.

—No se te ocurra dejarme así... —murmuró, y con movimientos precisos le bajó la cremallera. Tiró del borde del bóxer hasta liberar su miembro que apuntaba parcialmente hacia arriba de tan erecto, y lo empuñó.

Evel soltó un gruñido. Rodeó la mano de Abby con la suya y acompañó los movimientos sobre su verga, acelerando el ritmo.

—*Diosssss...* —gimió Evel. Respiró hondo, tragó saliva y murmuró—: Dame un segundo para que pueda hablar sin que se den cuenta...

—Y después... ¿qué? —lo apremió ella, sin dejar de frotársela cada vez más rápido.

Evel retuvo la mano que lo estaba llevando al borde de la locura y le señaló un ángulo del techo con la mirada.

—¿Ves ese rincón? —Ella asintió, excitada al comprender a qué se refería. —Ahí está la cámara. *Después* —le dijo apretándole un pezón, apasionadamente—, vas a gritar.

A continuación, liberó la mano de Abby que continuó moviéndose arriba y abajo a lo largo de su miembro, proporcionándole un placer imposible del que ya no quería privarse ni siquiera un segundo. Pulsó el botón del intercomunicador y procuró que no le temblara la voz al decir:

—Empezad sin mí, AJ. Revisaré los proyectos más tarde.

Evel soltó la tecla y, sin mediar palabra, la pareja se fundió en un beso incendiario.

Viernes 7 de agosto de 2009.
Rowley Customs.
Londres.

El intercambio de miradas pícaras y los murmullos que se interrumpían abruptamente en cuanto Evel aparecía continuaban al día siguiente, a pesar de que él se había dedicado a ignorarlas por activa y por pasiva. Nunca había permitido que su vida privada se convirtiera en motivo de conversación y no pensaba comenzar justamente ahora. Tenía bastante con lidiar con los estragos que el Huracán Abby había dejado a su paso, no solo en su cuerpo sino, muy especialmente, en su corazón.

El día anterior, que había empezado con un glorioso mini-desayuno, había continuado con una enloquecida mini-cena para culminar con una decisión. Pensaba ocuparse de que el fin de semana que pasarían juntos en Mersham fuera inolvidable. Otro hito en su relación como lo habían sido el viaje a Barcelona, su primera cita romántica en el taller y el día en que por decirlo en palabras de su chica, él "había plantado su corazón" en medio del jardín de los Gibb, regalándole Harley R. ¿Cuántos hitos hacían falta para borrar todas las heridas del corazón y de la mente del bombocito, para hacerle olvidar años de desilusión y soledad? No tenía la menor idea, pero estaba decidido a provocar un alud que arrasara su corazón, enterrándolo todo bajo una montaña de momentos inolvidables. Había mucho que hacer, pensó.

—Evel, si sigues dándole, lo vas a pasar de rosca.

La voz de AJ arrancó al motero de sus pensamientos, devolviéndolo al aquí y ahora bruscamente. Estaba claro que sí, pensó al darse cuenta de la caña que le estaba dando al pobre tornillo. Se disponía a decir algo, cuando sonó su móvil.

Lo extrajo con dos dedos del bolsillo de su camisa y se apoyó contra la cabina del Camaro. Era Dylan quien llamaba.

—¿Qué te cuentas, tío? —lo saludó Evel.

—*Pues, la verdad, no estoy seguro... Tengo dos llamadas perdidas de tu abuela y dos mensajes de tu viejo. ¿Estaré en una realidad paralela, viviendo tu vida en vez de la mía? Daría para un expediente X. ¿Tú qué opinas?* —soltó el irlandés, todo ironía.

Evel echó a reír. Angela Swynton se había encariñado con el irlandés y, al igual que todos los Rowley, se sentía agradecida por lo que había hecho por Evel antes y después del coma. Así que lo había convertido en su nieto postizo. Al principio, el irlandés no lo había tomado bien. Ni era un sujeto familiar ni estaba acostumbrado al tipo de contacto que los Rowley mantenían. Evel sabía, porque a Dylan se le había escapado, que había llegado a sentirse muy agobiado. Pero Angela, que tenía ese talento natural de las mujeres Swynton para llevarse a todo el mundo de calle, había conseguido poco a poco ir doblegando la resistencia del irlandés. Ahora, hablaban muy a menudo. En cuanto a los mensajes de Clinton Rowley, no tenía la menor idea.

—Si no le devuelves la primera, lo seguirá intentando, tío. Llámala y arreglado.

—Estaba a treinta metros bajo tierra, colega. No había ni aire, mucho menos cobertura. Ahora la llamaré. ¿Sabes qué puede querer tu viejo? Tiene el móvil apagado.

—Ni idea, Dylan. No me ha dicho nada. ¿Y qué hacías treinta metros bajo tierra?

—¿Y qué voy a estar haciendo? Trabajar. Bueno, te dejo.

Evel se despidió de su amigo y se disponía a reanudar la tarea, cuando el aparato volvió a sonar.

—A este paso, lo acabamos para el jubileo de diamante de Su Majestad —se quejó AJ al tiempo que sacudía la cabeza.

El dueño de Rowley Customs ignoró el comentario de su cascarrabias jefe de taller y se alejó unos cuantos pasos para atender la llamada.

Aquel mismo día por la tarde...

Bar The MidWay.
Hounslow, Londres.

Tess venía mirando a través de la ventanilla, tan abstraída en sus pensamientos, que no se dio cuenta de que habían llegado hasta que el taxista lo dijo. La idea original había sido aprovechar una reunión vespertina fuera del despacho para no regresar a la editorial y sorprender a Scott, comenzando a disfrutar del fin de semana antes de lo habitual. Últimamente, había estado muy ocupada. Además, su cuerpo que parecía seguir sin adaptarse al nuevo país de residencia, no había facilitado las cosas, precisamente. Hacía días que quería hablarle de sus planes profesionales, sin encontrar el momento idóneo. A veces por ella, que las últimas semanas llegaba a casa tan cansada que hasta pensar le resultaba una tarea inabordable con la escasa energía de que disponía. Otras era por él. El bar se había convertido en un negocio floreciente que, sin embargo, todavía no contaba con el personal idóneo adecuadamente entrenado. De modo que, mientras tanto, ambos socios eran quienes estaban soportando sobre sus hombros el creciente volumen de trabajo, especialmente Scott, ya que Brian tenía que ocuparse de su taller. Tratándose de un bar que abría los siete días de la semana, Tess se pensaba muy mucho de qué forma disponía del (escaso) tiempo que pasaban juntos.

Sin embargo, un comunicado de su jefa aquella misma mañana había cambiado las previsiones originales de Tess. Ahora, los acontecimientos se precipitarían, tenía que tomar una decisión y debía hablar con Scott sin más demora.

Después de abonar la carrera, la editora se encaminó hacia la puerta del flamante acceso independiente a la buhardilla. Notó que había varias motos aparcadas frente al bar y vio, a través de la ventana más próxima, que el interior estaba bastante concurrido a pesar de que no eran siquiera las cuatro de la tarde.

Pensó que eso no era necesariamente malo. Scott estaría en la barra, ocupado atendiendo clientes y no la vería llegar por lo que la sorpresa sería doble.

—¿Qué coño haces tú aquí?

La expresión de Dakota era tan poco amigable como lo habían sido sus palabras.

La antigua camarera del Club49, que respondía al nombre de Chelsea, no lo tomó a mal. Conocía su mal genio. Estaba más que acostumbrada a sus salidas de tono y no solo no le molestaban, sino todo lo contrario. Por eso de que para gustos los colores, para ella formaban parte del gran atractivo del motero.

—La puerta estaba abierta.

Dakota dejó la caja de gaseosas nuevamente en el suelo y se volvió, enfrentándola.

—¿Esa puerta que pone "No pasar. Solo personal autorizado"? —preguntó, señalando con el pulgar el acceso que había a la derecha de las escaleras que conducían a la buhardilla. Vio que ella se encogía de hombros—. Pues ya te estás largando.

—Solo quería que charláramos un rato, nada más... ¿Además, a qué tanto jaleo? No solías cabrearte tanto cuando te topabas conmigo y si vas a decirme que has cambiado, ahórrame el discurso porque no me lo creo. La gente no cambia. *Los hombres no cambian.* Como mucho aprenden a reprimirse un poco cuando les conviene. Tú, ni eso.

Menuda parrafada más larga le había soltado, pensó el motero. Y sin respirar.

—¿Qué quieres.... —Era imposible que recordara su nombre y no tenía tiempo que perder, de modo que lo soltó sin anestesia— como te llames?

Ella sonrió. ¿Ni siquiera recordaba su nombre? Cualquier otro tío habría intentado como mínimo disimularlo. Pero Dakota era Dakota.

—Chelsea. Me llamo Chelsea —respondió todavía sonriendo. Meneó la cabeza, divertida—. ¿Cómo puedes tirarte a alguien y varias veces no una, y no quedarte siquiera con su nombre? ¿Cómo se hace eso? —Volvió a reír ante la expresión híper seria del motero a quien aquella conversación no le gustaba ni una pizca—. Es increíble que no lo recuerdes, pero lo más alucinante de todo es saber que eres así. Menudas peloteras debes tener con tu chica...

Mientras hablaba, la joven había recortado la distancia que la separaba de Dakota. El rostro del motero se tiñó de ironía al notarlo.

¿Acaso intentaba revivir 'empotramientos' pasados? La tía tenía que haber perdido un par de tornillos si esperaba que él... Joder. ¿Y qué hacía mentando a *su* chica? Dakota la miró con un ojo entrecerrado.

—¿Ves eso que está ahí? —le dijo señalando nuevamente con el pulgar la puerta de acceso exclusiva del personal. Notó que el rostro dicharachero de la tipa empezaba a ser menos dicharachero—. Úsala.

Acto seguido se dio la vuelta y volvió a cargar la caja de gaseosas, dando la conversación por finalizada.

Pero no fue entonces, ni de aquella manera que la conversación finalizó.

Todo había ocurrido en un segundo. En un *mismo* segundo; la mano de cómo-se-llame magreándole el culo, él volviéndose hacia ella cabreado como un babuino al tiempo que retenía aquella mano sobona por la muñeca para apartarla de su cuerpo, la puerta de entrada que se abre...

Y Tess, que aparece en escena.

Mecagoentodoloquesemenea.

Dakota no llegó a decirlo en voz alta. Su mente todavía intentaba atar cabos acerca de cuánto habría visto Tess y cómo lo tomaría, cuando su instinto ya estaba moviendo ficha.

Después del primer momento inmóvil, Tess había reanudado la marcha y se aproximaba. Dakota no se lo pensó dos veces. Se dirigió hacia ella, a darle la bienvenida, comportándose con normalidad, como si estuvieran a solas. O mejor dicho, como si Chelsea fuera una prolongación de la pared.

—¿Has acabado por hoy, tan temprano? —le rodeó la cintura con los brazos y la besó en los labios—. ¿Podemos empezar a quemar el finde *ya, ya, ya*?

Scott sonaba como siempre y, desde luego, se comportaba como siempre, pero Tess sabía que estaba actuando. Estaba interpretando el papel de novio que intenta evitar que su novia tenga un estallido emocional. Lo cual le molestaba doblemente porque ella no era esa clase de mujer. Precisamente por esa razón, solo cabía una respuesta.

—*Ya, ya, ya,* no —dijo al tiempo que asomaba brevemente la cabeza por el costado del motero para mirar a la tercera en discordia en una indicación de que guardara las formas que no estaban a solas—. Pero más tarde, sí.

Su voz había tenido aquel deje dulce, típico de Tess, y Dakota sonrió más tranquilo. Por lo visto, se había salvado por los pelos, pensó. Quizás no lo hubiera visto todo. Quizás, cuando ella abrió la puerta, el momento "mano en el culo" ya hubiera pasado y ella se lo perdiera. Pero el alivio le duró un suspiro, ya que un instante después notó que ella se liberaba delicadamente (pero con decisión) del cerco de sus brazos y subía la escalera después de saludar a cómo-se-llame con un ligerísimo movimiento de la cabeza. Estaba bastante seguro de que esa era "Tess quitándose del medio".

Joder.

—Más tarde, no —insistió Dakota, en plan cazador total, volviendo a actuar como si estuvieran solos—. Repongo las coca-colas y ahora mismo subo. Me encantan estas sorpresas tuyas, bollito.

En la cima de la escalera, Tess se volvió. Miró alternativamente a la muchacha y a Scott, y concentró toda su energía en esbozar una sonrisa.

—Sí —concedió—, la cosa va de sorpresas hoy.

La sonrisa lució en el rostro de Tess el tiempo suficiente para acabar la frase y desaparecer detrás de la puerta de la buhardilla. Y cuando la puerta se cerró, Dakota sintió la necesidad imperiosa de sujetarse el pelo con un coletero. Era una buena forma de hacer algo con las manos que no le trajera consecuencias nefastas y al mismo tiempo quemara parte del cabreo que empezaba a llenarle el cuerpo, como si fuera una marea. Odiaba disgustar a Tess, no lo soportaba.

Cargó dos cajas de gaseosas y pensaba marcharse sin decir ni mu, pero en el último momento, cambió de idea. Se encaró con la mujer que había presenciado los acontecimientos con cierto punto ufano en su expresión y, como siempre, lo soltó sin anestesia.

—Si hubiera sido a la inversa, ya me habría ganado una denuncia por acoso... De esta te libras, pero que te quede claro una cosa: la próxima vez que me toques, te parto la cara —las palabras del motero llevaban tal carga de agresividad que Chelsea dio un paso atrás, como si temiera que él pudiera cumplir su promesa en aquel mismo momento. Dakota añadió antes de desaparecer tras la puerta—: Vete por dónde has venido. No quiero verte aquí cuando vuelva.

En la planta alta, Tess continuaba en el mismo lugar, apoyada contra la puerta cerrada, intentando entender lo que había sucedido. Se sentía tan desconcertada que no sabía qué pensar.

Dakota no demoró ni quince minutos en subir a la buhardilla. De hecho, dejó las cajas de gaseosa apiladas en la punta de la barra para que Andy se ocupará de reponer las existencias. Samir todavía no se había presentado para hacerse cargo de su turno -llevaba ya veinte minutos de retraso- y todo indicaba que le tocaría afrontar otro viernes con bajas de personal. De más estaba decir, que pensaba prescindir del hindú en cuanto entrara por la puerta. Le daba igual lo que su socio opinara. Pero ahora tenía que ocuparse de Tess y la escena que había presenciado antes de que la sangre llegara al río, si era que no había llegado ya. Aquel "la cosa va de sorpresas hoy" de Tess antes de esfumarse de su vista le había dado muy mala espina.

Mientras volaba escaleras arriba como alma que llevaba el diablo no pudo evitar pensar en que era la primera vez que la razón de tanta prisa tenía que ver con una mujer (en vez de con la pasma o con algún macarra tamaño XXL contra quien intuyera que tenía la paliza asegurada sin derecho al pataleo). Tenía su ironía que él, al que una tía nunca había conseguido mantener interesado más que el tiempo imprescindible para echar un polvo, ésta en particular le tuviera el coco tan sorbido hasta el punto de ir perdiendo el culo por darle explicaciones. Justamente cuando, por una vez, no había hecho nada malo. Pero así estaba la mar; muy revuelta. Tess llevaba varios días rara y lo de hoy le había puesto la guinda al pastel. Así que a ver cómo se las arreglaba para capear el temporal.

Entró llamándola, como hacia siempre. Nadie respondió. Mientras recorría la casa, mirando en cada recoveco, se le cruzó por la cabeza que quizás se hubiera marchado. Ahora que la buhardilla tenía acceso independiente era posible entrar y salir sin pasar por el bar. Tess podría perfectamente haber salido y él, atareado en la barra, no se habría dado cuenta. Pronto desechó la idea. ¿Para qué iba a salir si acababa de llegar? Pero luego, si estaba en casa, por qué no respondía. Solo le quedaba por ver el baño, Tess tenía que estar allí.

Antes de llegar le llegó el sonido del agua, había un grifo abierto. Sin darse cuenta, Dakota exhaló un suspiro de alivio. Abrió la puerta sin anunciarse, también como hacía siempre.

Tess dio un grito sobresaltada al tiempo que se arrancaba los auriculares tirando del cable. Un relámpago de enfado atravesó sus ojos, que Dakota, atento a la espuma que cubría aquel cuerpo serrano -y a cualquier movimiento que revelara algo más que pompas de jabón-, no vio.

—Ay, bollito, qué ganas de darme un baño contigo me están entrando... —dijo. Su voz y su lenguaje corporal fueron tan explícitos que a los dos les quedó claro que no había sido una broma. Ni mucho menos.

Dakota había sido promiscuo desde la pubertad. Ahora era un ex promiscuo abocado a la monogamia y la mujer encargada de saciar sus constantes ansias sexuales, de la que además estaba enamorado hasta las mismísimas trancas, era la que estaba en la bañera. Desnuda como había venido al mundo. Solo con mirarla se le iba la cabeza imaginando cosas que hacerle allí mismo. Con espuma y sin ella.

Sin embargo, cuando la mirada del motero ascendió lentamente regodeándose en las vistas y llegó a la de Tess, comprendió que aunque toda ella era como el canto de las sirenas, llamándolo inexorablemente, en sus ojos la palabra "no" brillaba con luces de neón. Un no tan evidente y taxativo que lo devolvió a la realidad y a lo que había venido a hacer, en un santiamén. Ya no tenía ninguna duda de cuánto había visto Tess del suceso 'sobeo de culo'. Lo había visto todo. De principio a fin. Así que no tenía sentido andarse con rodeos. Mejor prevenir que curar.

—Lamento lo de antes. Hay tías que están como cabras y ésta se pasó un montón.

Tess no hizo el menor comentario. Continuó mirándolo muy seria. El espectáculo había sido bochornoso. En un primer momento, ni siquiera había sabido cómo tomarlo, qué hacer. Qué decir. Ahora, lo miraba recostado contra el marco de la puerta, con sus ropas de sepulturero, su melena recogida en una coleta y aquel aire masculino, seguro de sí mismo, que lo rodeaba, y tenía que admitir que en los tiempos que corrían no era tan extraño que hubiera descerebradas que se le echaran encima. En las condiciones adecuadas, era del tipo de hombre capaz de provocar esa clase de reacciones, sí, pero no sin más.

Dakota asintió para sí mismo y se acercó a Tess. Se puso de cuclillas junto a la bañera y apoyó los codos sobre el borde.

—No sé de dónde salió. Estaba sacando cajas del rincón y cuando me di la vuelta estaba ahí. Lo que viste es todo lo que hubo.

¿Sin mediar siquiera una conversación previa? ¿Y al pie de las escaleras que conducían a *su* casa? Si estaba sugiriendo que era la primera que la veía, ¿cómo había llegado hasta allí una soberana desconocida?

La expresión del rostro de Tess se transformó de tal manera que Dakota maldijo para sus adentros.

—Vale. Tuve tema con ella. Pero de eso hace siglos. Era cuando trabajaba de portero en el Club49.

Tess frunció el ceño. Entonces recordó aquella cara cargada de maquillaje. La camarera a la que le había pedido un café para Abby, la noche en que su hermana se emborrachó hasta perder el sentido. Con el flequillo tupido y aquel corte extraño que enmarcaba su rostro, no la había reconocido. Ella a Tess, sí. Evidentemente. Sin embargo, aquel descubrimiento pasó de inmediato a un segundo plano. Otra cuestión adquirió todo el protagonismo y como no deseaba malos entendidos, formuló una pregunta.

—¿Tema?

—Sexo —aclaró Dakota.

Ahora además de bochorno, Tess estaba que trinaba. Y aquello tenía muy mal disimulo porque sentía el rostro ardiendo y era evidente que no tenía que ver con el relajarte baño de espuma.

—Todo un tema, desde luego —musitó.

—Venga ya, nena. Siento que lo vieras, no es plato de gusto para nadie, pero no le busques la quinta pata al gato porque no la tiene —a Tess se le revolvió el estómago. Era cierto que no había gatos de cinco patas, pero no era eso, precisamente, lo que deseaba oír de su boca en aquel momento. Dakota se percató del gesto y continuó sin darle tiempo a reaccionar—. Ella se pasó y yo le paré los pies. Y no hay más.

Tess apartó la mirada, pero continuó en silencio. Dakota experimentó una increíble sensación de alivio. Fue al sentir que era como si le hubieran quitado un peso de los hombros, que comprendió lo tenso que todo aquel asunto lo había puesto y volvió a alucinar consigo mismo. Era su primera "pelea conyugal". Y la había ganado él. De pronto, se sentía poderoso, además de muy aliviado.

Tanto que se permitió bromear, románticamente hablando.

—Venga, bollito. Me mata verte tan seria. No pasó nada. Y ya me ocupé de aclararle las cosas —dejó que una de sus manos moviera el agua insinuante. Tess, en cambio, no movió un músculo, permaneció mirándolo igual de seria e igual de fijamente— Eh, que soy un tipo formal ahora; tengo mujer, casa y trabajo —le ofreció una de sus eficaces sonrisas ladeadas—. ¿Pero tú me has visto? Si estoy tan formal que doy asco. Solo me falta la barriga cervecera y perder el pelo para entrar en las estadísticas...

Desafortunadamente, su sonrisa no fue lo bastante eficaz.

—No soy tu mujer, Scott. Soy tu novia. No estamos casados.

Dakota se quedó paralizado, mirándola con una mezcla de orgullo herido y alucine. ¿Así que para ella su relación todavía estaba "en pruebas"? ¿Qué era lo que hacían juntos, compartir gastos para que les salieran más a cuenta?

—Estás de coña, ¿no?

—Sólo recojo los hechos —respondió Tess. Excepto por el brillo de sus ojos, todo parecía quietud en su lenguaje corporal. La calma que precedía a la tempestad—. Me pediste que viniera a vivir contigo, no que nos casáramos.

El rostro del motero se tiñó de alucine. Es que lo estaba. Alucinaba en colores. Y como sentía la marea de ira subiendo imparable y sabía que era cuestión de segundos que ya no tuviera el control de la situación, se puso de pie y enfiló para la puerta.

—Será mejor que me vaya —se limitó a decir, más que parco.

—Sí. Será lo mejor.

Tess oyó los pasos de Dakota alejándose. Luego, un portazo que hizo vibrar todos los cristales de la vivienda.

AJ supo con solo mirar a su jefe que le tocaría acabar la restauración sin su ayuda. Volvían a requerirlo para algo, y apostaba la cabeza y no la perdía, a que tenía que ver con cierto bar de moteros que últimamente ocupaba buena parte de sus fines de semana. En su modesta opinión, una parte demasiado grande. Pero como sabía que a Evel no le gustaba que se metieran en sus asuntos, se limitó a seguir puliendo el morro del vehículo.

Dicho y hecho; un minuto después vio que el dueño de Rowley Customs volvía a guardar el móvil y se le acercaba.

—Era Andy. Tengo que ir al bar, Samir no ha aparecido.

—Vienen a recogerlo mañana, Evel —se quejó AJ, refiriéndose al hermoso Camaro original de 1967 cuyo guardabarros delantero pulía con esmero—. Y como mañana estarás en el quinto carajo y no se entrega nada sin que tú le des el visto bueno antes, hay que acabarlo hoy. ¿Alguna idea?

Evel soltó un bufido. La idea era fastidiarle la noche del viernes a alguien de su equipo para que ayudara a AJ, a quien, por cierto, también le fastidiaría la noche de viernes. Egoístamente, lo que más le enfadaba era saber que sus posibilidades de acercarse al local del Soho donde estaría trabajando Abby, aunque fueran quince minutos, acababan de esfumarse del todo. Dado que al día siguiente había quedado súper temprano y que sí, efectivamente, el vendedor de la pieza original que llevaba dos semanas buscando, vivía en el carajo del mundo, ya se imaginaba trepando por la tubería de desagüe de los Gibb de madrugada para colarse en la habitación de su chica y no morir de un ataque de ganas de verla. Lamentablemente, con Maddox de vacaciones, las alternativas eran pocas.

—Hablaré con Niilo, a ver si él puede quedarse —dijo Evel mientras se echaba un vistazo que le confirmó que primero tendría que ducharse—. En cuanto cierre el bar, vuelvo.

—¿Pero no decías que el hindú ese funcionaba bien? El último fin de semana de julio estuvo de baja ¿y al segundo de agosto no se presenta? Menudo negocio.

—No sé. Lo que sí sé es que Dakota le va a dar una patada en el culo en cuanto lo vuelva a tener a tiro, así que será mejor que me ponga a buscarle sustituto. Oye, te dejo... Voy a hablar con Niilo y me largo, que Andy sonaba al borde de un ataque de nervios —anunció Evel, y para entonces, ya se había alejado.

Tal como Evel había imaginado, la camarera estaba agobiada. Corría de un lado para el otro de la barra, intentando atender una clientela sedienta que no cesaba de llegar. Parecía como si el MidWay fuera el único lugar de avituallamiento en cien kilómetros a la redonda. Frank, el refuerzo de fines de semana, hacía malabarismos entre la concurrida clientela con dos bandejas repletas de pintas vacías y a juzgar por su aspecto pronto causaría baja, igual que Samir, solo que en este caso de forma voluntaria. El pobre tenía cara de "esto es demasiado para mi cuerpo". La expresión de su socio era otra cuestión. También iba en el aire como el resto de los empleados, pero tenía aquella mirada asesina que auguraba tormentas eléctricas. Lo cual llevó a Evel a pensar que, quizás, la desesperación del personal tuviera más que ver con Dakota que con el exceso de trabajo.

Evel pasó al otro lado de la barra y, esquivando camareros atareados, dejó sus cosas en la pequeña habitación que hacía las veces de oficina. Se puso a atender pedidos de inmediato.

—Hola, Evel. Eres súper bienvenido. ¿Has visto cómo está el patio hoy? —dijo Andy que, a su lado, ponía unos canapés de pimiento y anchoas sobre un plato de raciones.

—Hola, guapa. ¿Sabemos algo de Samir?

Vio que Andy hacía un gesto gracioso con la boca.

—Sí, que está trabajando en el Ace Café —Evel la miró sorprendido—. Y no lo sabemos por él. Ike ha llamado desde allí para decirnos que la pinta que se estaba tomando se la había servido Samir. Lo atendió Dakota.

La gente hacía cosas increíbles, pensó el socio capitalista del MidWay. No tenía nada de malo cambiar de trabajo, pero dejarlos colgados sin avisar en vísperas de fin de semana era tener muy mala leche. Estando Dakota por medio, además, significaba buscarse problemas; su socio era perfectamente capaz de presentarse en el Ace Café, moler a palos al hindú y quedarse tan a gusto. Evel cerró el cajón de la registradora y regresó a la barra con el cambio que dejó frente al motero al que acababa de servir.

—Ahora me explico la mirada asesina de mi socio... En fin, paciencia.

—Pues verás, jefe... —Andy se acercó a Evel y le habló al oído —. Lo de Samir lo tenía alterado, no lo voy a negar, pero me parece que su mirada asesina no tiene que ver con la India.

Evel miró a Andy con el ceño fruncido. ¿Qué quería decir?

—Asuntos conyugales, creo —precisó ella, en confidencia, y a continuación hizo el gesto de ponerle una cremallera a sus labios.

¿Dakota y Tess habían discutido? Eso sí que le resultaba raro. Evel volvió a reparar en su socio. En la otra punta de la barra, rellenaba el contenedor del hielo, una tarea trivial y más que habitual, pero sus movimientos eran agresivos. Llevaban mucha más energía de la requerida para la tarea. Estaba enojado y se le notaba.

A ver qué le tocaba a él en el reparto, pensó Evel. Su socio todavía no se había dado cuenta de que ya estaba allí, pero era cuestión de minutos que lo hiciera.

—Menudo follón tenéis montado aquí... Hace dos semanas estabais igual. ¿No habéis pensado en contratar más personal? —dijo la morena de las uñas de gato, que había regresado a la barra, tal como Dakota le había exigido. Aunque no pensaba marcharse tan pronto—. Ponme otra pinta cuando puedas, por favor.

Evel miró a la mujer que había hablado. Evidentemente, se dirigía a él. Dakota seguía peleándose con el contenedor de hielo y tanto Andy como Frank estaban demasiado lejos para oírla.

A pesar de su radical cambio de aspecto, la reconoció al instante. No recordaba su nombre, pero sí que era una de las camareras del Club49. Hacía mucho que no la veía, pensó mientras le servía su pinta. Un par de años, si no recordaba mal.

—Lo hicimos, pero ese día sufrió un pequeño accidente laboral y hoy, por lo visto, ha decidido cambiar de trabajo —respondió el motero de la minicresta con su amabilidad habitual. Depositó la jarra de cerveza frente a ella—. Tu pinta. Son tres libras, por favor.

—Ah, entonces tenéis un puesto vacante... ¿cuánto pagáis? Quizás me interese. Ya sabes que soy camarera y de las buenas —respondió ella, animadamente, al tiempo que dejaba un billete de cinco libras sobre el platillo con el anagrama del bar.

Sin embargo, no fue Evel quien respondió.

—Ni en sueños —ladró Dakota, que a continuación cogió el platillo, cobró y volvió a dejarlo con el cambio frente a la mujer de un golpe seco—. Tu cambio.

Chelsea recordaba perfectamente los enfados de Dakota y lo que más le gustaba de ellos era su manera de quitarse la rabia de encima: repartiendo puñetazos o tirándose a una mujer. Prefería lo segundo, por supuesto, especialmente si la mujer en cuestión era ella, pero presenciar sus peleas tampoco estaba nada mal. Era todo un tío. Siempre le había encantado.

—Venga, Dakota. Sabes que soy buena —elevó sus ojos cargados de maquillaje por encima de la jarra de cerveza y añadió—. Soy buena y estoy buenísima. ¿Qué más quieres?

Evel hizo un gesto de dolor. Antes de escuchar la respuesta de Dakota, su sentido de la caballerosidad ya se estaba sufriendo.

—Quiero que te largues y no vuelvas —espetó el motero rubio con su sinceridad característica.

Acto seguido se llevó a su sorprendido y abochornado socio del brazo hacia la oficina. Cerró la puerta de un golpe y se encaró con él sin preámbulos.

—Mira, tío, contratamos al hindú porque tú decías que valía y que tener dos mujeres detrás de la barra podría dar problemas. Y aquí estamos, con el local hasta los topes y sin personal suficiente. Quiero tener una vida aparte del bar, ¿me entiendes? —soltó un bufido que sonó prácticamente como un gruñido—. Estoy hasta los cojones de vivir metido aquí dentro.

Era evidentemente que algo había sucedido, pensó Evel. Sin embargo, más allá de eso, lo que Dakota decía era cierto; el bar lo estaba obligando a trabajar miles de horas al día, todos los días. Estaban peor que antes, cuando al menos cerraban los lunes. Evel le palmeó el hombro, en un gesto de consuelo, pero el efecto que produjo fue justo el contrario.

—No —dijo Dakota apartando su mano de mal humor—. Estoy hasta los cojones, Evel. Te lo digo de verdad. No más hombres; no valen para un bar como este. Quiero otra buena camarera, no esa —señaló con un dedo la barra que estaba al otro lado de la pared—. Esa ni hablar. Una buena como Andy, que se responsabilice de la barra los fines de semana. Se le paga lo que haga falta y acabamos con el asunto de una vez. Y no voy a discutir sobre este tema, tío. Hazlo y ya, ¿estamos?

Él tampoco quería a "esa" camarera. Sabía que Dakota se había enrollado con ella cuando trabajaba de portero en aquel club del Soho, pero poner más personal femenino detrás de la barra le seguía pareciendo una mala idea. A pesar de que tenía objeciones a su propuesta, también sabía que aquel no era el momento más idóneo para plantearlas.

Evel se limitó a asentir, dándolo por bueno.

—Vale —concedió Dakota y se dirigió a la puerta.

—¿Hay algún problema...? Aparte de Samir —se animó a preguntar Evel. La verdad fuera dicha era más preocupación que curiosidad.

El motero pelilargo lo fulminó con la mirada.

—¿Qué pasa, echarte novia te ha ablandado el cerebro o qué, tío? Si tengo problemas no es asunto tuyo.

Dakota se largó, sin más, dejando a Evel mucho más preocupado que antes.

La actuación de la solista folk encargada de amenizarle las cervezas a los moteros del MidWay había sido un rotundo éxito. Había acabado a las ocho, tras dos bises, y fue entonces cuando Dakota hizo un alto para descansar. El bar seguía concurrido pero la atmósfera era mucho más relajada. Varios clientes estaban fuera, conversando al fresco. Otros, que solo habían venido por la actuación, se marchaban. Ahora podía tomarse un respiro, de modo que pasó al otro lado de la barra y ocupó uno de los taburetes que había quedado libre, como un cliente más. Evel se percató de inmediato y se disponía a servirle una cerveza cuando Andy le habló.

—Deja, Evel. Ya lo hago yo.

Andy sirvió una pinta de lager para Dakota y la dejó frente a él junto con unos cacahuetes. Él le hizo un guiño agradecido. A continuación, la camarera sirvió un café cargado, tomó unas galletas de chocolate del suministro personal de Evel, y depositó ambas cosas frente a él.

—Eres la mejor, Andy. Muchas gracias. Pero ahora haznos el favor de irte y empezar a disfrutar de tu fin de semana, que te lo has ganado —miró a Dakota, quien asintió enfáticamente. Notó que continuaba con cara de pocos amigos, pero al menos, hacía rato que había dejado de ladrarle a todo el mundo.

—¿Irme? Es viernes por la noche y todavía faltan cuatro horas para el cierre —replicó Andy, risueña—. Frank es buen chico, pero no le pidáis milagros. Tranquilos, que no tengo planes.

—Otra que vive aquí dentro —comentó Dakota con tono resignado—. ¿Cómo vas a tener planes si no sales del bar? Venga, largo.

—¿Estáis seguros? Mirad que no me importa, os lo digo de verdad.

Evel le pasó un brazo alrededor del hombro, cariñosamente.

—De verdad, Andy. Vete a casa o donde quieras, pero vete.

Una inmensa sonrisa dominó el rostro de la camarera que soltó la bayeta con un gesto gracioso y se fue a coger sus cosas.

—Entonces, ahí os quedáis —dijo hecha un par de castañuelas —. ¡Me piro antes de que cambiéis de idea! ¡Sueño con quitarme estos tacones que me están matando!

Los dos socios siguieron a su risueña empleada con la mirada hasta que desapareció en la zona de lavabos, entonces Dakota miró a Evel:

—Y tú puedes irte a las diez. Frank y yo nos apañamos. Eso sí, el domingo te ocupas tú. Cuando cierre mañana, no quiero saber nada más hasta el lunes, ¿vale?

A Evel se le iluminaron los ojos. Si quedaba libre tan temprano, quizás podría pasarse por la fiesta-exposición y estar con Abby un rato antes de regresar al taller con AJ. Pero pronto cayó en la cuenta de algo. ¿Qué pasaba con Tess? A estas horas tenía que estar en casa. A menos que estuviera de viaje... O que Andy tuviera razón y los problemas de Dakota, esos que decía que eran asunto suyo, tuvieran que ver con la editora.

—Gracias, tío, eres mi salvación... Últimamente arañar un rato para ver a Abby es tan difícil... Los dos estamos cargados de trabajo... ¿Tess está de viaje? Hace días que no la veo.

Evel era muy bueno leyendo el lenguaje corporal de las personas y percibió sin ninguna dificultad la tensión en su socio. Su voz, sin embargo, sonó casi normal cuando respondió:

—No. Está en casa. —A continuación se puso de pie—. Voy al baño.

El motero de la minicresta asintió en silencio. Ahora ya no tenía ninguna duda de que sus problemas eran conyugales.

Dylan se estaba quitando el casco cuando la refulgente *Sportster Iron* plateada del presidente de los MidWay Riders torcía la esquina. Lo vio aparcar pocos metros más adelante, en el único hueco libre que quedaba, y apearse de su Harley.

—Vaya horas de empezar el finde —dijo el motero calvo a modo de saludo.

—Anda que tú...

Los hombres se encontraron a mitad de camino. Para entonces, Conor también se había quitado el casco y Dylan miró aquella maraña de rastas con cómico interés. Siempre le había resultado gracioso que un chaval joven escogiera no solo ponerse trenzas en el pelo, sino encima teñirlas. Con el transcurso del tiempo, la tintura se había ido desgastando y entre eso y que sus propios ojos se habían acostumbrado, ya casi no notaba el estropicio capilar del presidente del club de moteros. Hoy, sin embargo, las rastas volvían a lucir colores chillones.

—¿Te has hecho la *coifeur*? —bromeó el calvo, partiéndose de risa.

Conor no se dio por aludido. Llevaba un peinado súper cañero que estaba convencido que le quedaba fenomenal.

—¿Has visto qué pelos divinos llevo?

Era un peinado llamativo y no le quedaba mal, pero así como toleraba perfectamente los excesos de tinta sobre la piel en un hombre, cuando se trataba del pelo no era así. Dylan hizo una mueca dudosa con la boca.

—Tanto como divinos...

Conor le pasó un brazo alrededor del hombro y los dos se encaminaron hacia la entrada del bar mientras conversaban.

—Divinos, chaval —insistió Conor. Se pasó su mano libre por las rastas en plan exhibición y le dijo a modo de confidencia—: A las tías las vuelve locas un hombre con rastas, deberías probarlo —y a continuación miró la calva del irlandés con malicia y añadió—: Coño, que tú no puedes... Perdona.

Dylan meneó la cabeza. ¿Por qué todo el mundo daba por hecho que se afeitaba para disimular las calvas?

—¿Hacerme eso en la cabeza? Tú lo flipas, chaval —se acercó a decirle en confidencia—. Tengo tatuajes, las tías se pirran por mis *tatus*. No me hacen falta rastas.

En aquel momento, se abrió la puerta del bar y apareció Andy. Conor retiró el brazo del hombro de Dylan de inmediato, quien se dio cuenta que le había bastando ver a la chica de sus sueños para ponerse nervioso. Tuvo que reprimir una carcajada. A veces, el chaval le parecía un adolescente en plena edad del pavo.

—¿Recién acabas tu turno? —preguntó Dylan en un intento de salvarle el culo al de las "rastas divinas" que se había quedado como un pasmarote—. No me lo digas, Samir os volvió a dejar colgados.

—Hola, Andy —dijo Conor, saliendo de su abstracción.

La camarera lo miró brevemente. Respondió a su saludo igual de parca que las últimas semanas y siguió a lo que estaba, acomodándose mejor la mochila. Cuando habló se dirigió exclusivamente al irlandés. Algo que no pasó desapercibido a Conor que, incómodo, miró a otra parte.

—Por lo que sé, colgados definitivamente. Nos ha cambiado por el Ace Café. Él se lo pierde —sonrió—. ¿Y tú, qué? Te has perdido la actuación en vivo... Estuvo muy bien.

—¿Está en el Ace Café? —preguntó Conor en un intento de meterse en la conversación, de tener su atención aunque fuera un instante.

Pero Andy no estaba por la labor. Conor le gustaba y estaba claro que, en cierto modo, le seguía importando. De otra forma, sería capaz de comportarse con él como se comportaba con todo el mundo, y no era así. En otro tiempo, en otras circunstancias, las cosas serían diferentes. Ahora, sin embargo, cada vez que lo miraba, lo veía tonteando con la amiga de la novia de Evel en aquella disco de Barcelona. No podía evitarlo.

Los ojos de la camarera se desplazaron de Dylan al presidente del club de moteros. Fríos, muy fríos.

—Eso he dicho, sí —y acto seguido, empezó a despedirse. Lo mejor era marcharse—. Bueno, me voy antes de que mis jefes cambien de idea y vengan a buscarme. Buenas noches.

—Adiós, guapa —la saludó Dylan.

Conor en cambio permaneció en silencio mirándola alejarse, molesto y con su amor propio revolviéndose cual animal herido.

—Parece que voy a tener que afeitarme la cabeza para que me preste atención.

Dylan rió con ironía.

—¿Y qué tal si creces un poco, tío? —dijo al tiempo que abría la puerta del bar.

Conor volvió a cerrarla y se encaró con él, más que serio.

—Contigo está que ni caga y conmigo intenta hasta ahorrarse un mísero saludo, así que tú dirás.

"¿Que yo diré?", pensó el irlandés con sorna.

—¿Eres tonto o te lo haces? Conmigo habla como habla con todo el mundo en este bar, excepto tú. Y es así porque sigue cabreada contigo por el numerito de Barcelona. De mí pasa; de ti no. ¿Te enteras o te lo vuelvo a explicar?

Conor no pudo evitar suspirar. Lo hizo con sutileza y casi pasó desapercibido entre el ruido de la noche. Pero el brillo de sus ojos no pudo ocultarlo. Llevaba semanas jodido con aquel asunto, pensando que la había fastidiado del todo con Andy, y al mismo, negándose a darla por perdida. No era que se fiara demasiado de lo que decía Dylan, pero necesitaba oírlo. Necesitaba pensar que todavía había esperanzas.

Dylan continuó. A ver si conseguía hacerlo espabilar de una buena vez.

—Yo la dejaría a su aire un par de meses, que se le olvide, y después volvería a la carga. Pero si no vas a dejarlo estar, al menos, cambia de estrategia. Que vayas de chico arrepentido está claro que no le mueve una pestaña. Así solamente la estás cabreando.

Conor asintió con la cabeza varias veces. Era evidente que la estaba enojando cada día un poquito más. Probablemente el irlandés tuviera razón y lo que debía hacer era cambiar de estrategia.

—Gracias, tío —dijo al tiempo que abría la puerta—. Venga, que nos tomamos unas birras. Yo invito.

Dylan rió con sorna.

—Cerveza para mí; tú a leche, chaval, que luego me toca meterte en la cama —sentenció el irlandés.

Dylan se dio cuenta enseguida de que Dakota estaba raro, pero lo atribuyó a un mal día. Sin embargo, después de verle dar el tercer rapapolvo en menos de una hora a Frank, su refuerzo de fines de semana, sospechó que la cosa no iba de días malos. No era un tipo amigable como Evel. Dakota podía ser bastante desagradable cuando estaba enfadado o alguien no le caía bien. En este caso, llevaba razón; el veinteañero se esmeraba y parecía tener madera de buen camarero, pero era nuevo en el puesto y cometía errores tontos que, evidentemente, enojaban a su jefe. Lo enojaban demasiado. Dylan solo recordaba otra ocasión en la que a Dakota lo llevaban los demonios como ahora; el último otoño, cuando había roto con Tess.

Tras ladrarle a su empleado, que aguantó estoicamente el tercer llamado de atención, Dakota continuó trabajando. Pasó junto a su socio, que conversaba con Dylan, sin siquiera mirarlos. Ellos intercambiaron miradas de "arde Troya".

—Este ha reñido con Tess. Fijo —comentó el irlandés—. Semejante mala leche solo se la provoca una mujer y como es monógamo desde hace meses...

—Shhhh —dijo Evel, mirando de soslayo a su socio para comprobar que no hubiera oído al calvo—. Calla, tío... ¿quieres acabar la noche en Urgencias?

—¿Yo? En todo caso ella. A los tíos temperamentales solamente nos enfrían unos buenos revolcones. En plural —apuntó el irlandés tan tranquilo haciendo que a Evel se le subieran los colores.

—Eres una bestia, colega —se quejó el socio capitalista del MidWay—. Anda, cambiemos de tema... ¿Has conseguido hablar con mi padre al final?

Una sonrisa de oreja a oreja dominó el rostro del calvo que asintió repetidas veces con la cabeza.

—Ya lo creo. Me ha hecho la propuesta de mi vida, tío —dijo riendo, incapaz de reprimir su alegría—. He quedado en pasarme por su despacho para hablarlo en detalle, pero lo que me ha adelantado por teléfono suena alucinante.

Evel palmeó el hombro de su amigo.

—¡Me alegro mucho, Dylan! Con mi padre hemos tenido nuestros más y nuestros menos... Supongo que sucede en las mejores familias —comentó con cierto punto de resignación—, pero como empresario siempre lo he admirado. Todo lo que toca lo convierte en oro. Es un as.

Dylan empinó su pinta hasta el final y volvió a dejarla sobre la barra.

—Así que ya sabes, aprovéchame ahora porque si sale este chollo, a partir de septiembre me verás muy poco. Por lo que me ha adelantado, tendré suerte si paso en Londres una semana al mes —rió, cada vez más animado—. Venga, ponme otra cerveza.

Evel sirvió dos pintas y regresó junto a Dylan.

—¡Salud! —exclamó Evel. Los dos amigos chocaron sus respectivas jarras—. ¡Que Dios reparta suerte!

—Ojalá.

—Seguro que sí, tío. Si está metido mi padre, seguro que de esta te forras —Evel le hizo un guiño—. Después, solo quedará conseguirte una novia que te ayude a quemar la pasta, pero todo se andará.

El irlandés lo miró con sorna y se disponía a soltar el chascarrillo de turno cuando el móvil de su amigo empezó a sonar. Le bastó ver cómo se transformaba la expresión de su rostro para saber quién llamaba.

Volvió la cabeza y miró hacia el escenario. Entonces, vio al presidente del club de moteros.

—Mejor búscasela al pequeñín, que la soledad la lleva fatal... Joder, esto es alucinante... ¿Se ha puesto pedo con un boilermaker?

Señor, dame paciencia —comentó mientras miraba a Conor con cara de pena.

El motero de las "rastas divinas" venía de la zona de los lavabos. La sonrisa tonta que traía pegada a la cara habría bastado para despertar serias sospechas acerca de su sobriedad, pero que acompañara su inestable andar con pasos de baile al estilo Michael Jackson, en un espectáculo francamente bochornoso, ya no dejaba lugar a dudas.

—Perdónalo, maestro —añadió el irlandés en una cómica plegaria a la estrella desaparecida hacia mes y medio—. Es joven, inexperto y está como una puta cuba...

Evel, totalmente concentrado en su conversación con Abby, no le prestó ninguna atención.

Dakota apagó las luces desde el mando que estaba junto a la escalera y puso rumbo a su casa. Habían transcurrido exactamente quince horas desde que había efectuado la operación inversa y estaba molido. Y nervioso.

Y cabreado.

Lo peor era darse cuenta de que la necesidad de ver a Tess, de estar con ella, era mucho más grande que el cabreo. Aunque les dieran las dos de la mañana discutiendo, la necesitaba.

El motero rió con ironía para sus adentros. Qué va, pensó. Lo peor era darse cuenta de que le daba completamente igual tener la razón, saber que había sido ella quien se había pasado poniendo en duda sus sentimientos por una puñetera licencia de matrimonio.... Todo eso le daba completamente igual. Lo que le preocupaba de verdad era que estaba seguro de que algo le pasaba, desde hacía varios días, y no se lo decía. Joder, ¿esperaba que lo adivinara? Si no fuera porque hacía mala cara, apostaría a que lo que le sucedía tenía que ver con Lady Di. La suegra metomentodo que le había tocado en suerte no lo tragaba y no perdía ocasión de dejarlo en evidencia cada ocasión que se le presentaba. Después del culebrón romántico que Evel había organizado en su jardín, tan seguro como de que se llamaba Scott

Taylor, que se habría ocupado de refregárselo a Tess por la cara... A lo mejor, pensó, el malestar de Tess era consecuencia de una soberana indigestión de Lady Di y como sabía que el disgusto entre suegra y yerno era mutuo, no se lo quería decir.

Pues de hoy no pasa, nena. Ya está bien de secretos.

Al abrir la puerta, un intenso olor a carne guisada invadió sus fosas nasales y le estimuló el apetito de manera instantánea. También lo alivió. La buhardilla parecía la de todos los días cuando él llegaba, después de trabajar. Se oía música y en la cocina había ruido de cacharros. No tenía experiencia en el tema —aquella era la primera vez que tenían un rifirrafe desde que vivían juntos—, pero si Tess estaba cocinando, lo más seguro era que el enfado se le hubiera pasado. Sin darse cuenta, Dakota exhaló un suspiro.

La reforma había modificado el antiguo acceso a la buhardilla; ahora tenía que atravesar un pequeño hall para llegar a la cocina. Lo hizo en silencio. Se detuvo frente al hueco de la puerta de la cocina y permaneció sin decir nada, mirándola. En shorts, camiseta y playeras también parecía la de siempre.

Tess, que ponía la mesa para dos, alzó la vista. Ensayó una sonrisa que él no devolvió.

—Hola, Scott... ¿Tienes hambre?

Su voz también había sonado dulce, como siempre. Demasiado dulce, pensó Dakota que se limitó a asentir sin dejar de mirarla. No quería estar enfadado con ella, pero tampoco claudicar tan pronto.

—Entonces, ven y siéntate. Ya casi está —invitó ella.

Él no se movió del sitio. Se moría de hambre, de ganas de abrazarla, de cansancio... Tenía mil necesidades acuciantes, todas reunidas en un solo cuerpo, pero la mayor de todas, la más imperiosa, era saber qué puñetas pasaba para que una mujer racional como Tess se hubiera despachado con un "no soy tu mujer, sino tu novia. No estamos casados" como colofón a un enfado totalmente injustificado.

Y ya que andarse con rodeos no era su estilo y ser diplomático tampoco, lo soltó sin anestesia.

—Soy todo oídos.

Tess apartó la olla de la zona de cocción de la encimera y tomó asiento esperando que él hiciera otro tanto. No fue así, lo cual sirvió para confirmarle qué enojado continuaba Scott por lo sucedido.

—Supongo que me dejé llevar por la confusión del momento. Abres la puerta de casa y, claro está —hizo una pausa y alzó la vista, incómoda—, lo último que esperas es encontrarte con una señorita intentando seducir a tu novio.

Los ojos de Dakota brillaron con algo parecido al despecho. Ni como-se-llame "estaba intentando" seducirlo, ni él era "su novio". Precisiones al margen, que le importaban una mierda, ¿de verdad pensaba que era de eso de lo que quería hablar?

—Ya sé que la cagaste, Tess y no necesito tus disculpas. Lo que quiero es saber qué coño está pasando. ¿Me da mi estatus de novio para saberlo —añadió haciendo el gesto de entrecomillar la palabra— o es solo para maridos?

Tess se puso roja, bajó la vista. Se sentía total y absolutamente abochornada. Había hecho esa observación llevada por el malestar del momento, nada más. La verdad era que para ella carecía de importancia la definición de estado civil mientras estuvieran juntos. Él, en cambio, se sentía evidentemente ofendido por eso.

—No estamos casados, Scott...

—Para mí sí —la interrumpió él, cáustico—. Y no necesito ningún papel que lo diga, pero si no tenemos ese papel es porque tú no quieres. Y que conste que no tengo ningún problema con eso, pero luego no me vengas con estas gilipolleces...

Tess hizo un gesto ambiguo con las manos, pidiendo una pausa, que no continuaran sacando las cosas de contexto. Respiró hondo y al fin, volvió a hablar.

—Yo tampoco necesito ningún papel que lo certifique. Soy muy feliz con nuestra vida juntos... Estoy enamorada de ti, Scott —le dijo con dulzura haciendo que el corazón de Dakota latiera acelerado —, pero me niego a que nadie -ni mi familia, ni la tuya, ni el que dirán- nos imponga nada. Si llega ese momento, en el que decidamos hacer que nuestra unión también sea legal, quiero saber que es nuestra libre elección. Libre y nuestra, ¿me comprendes? —Dakota asintió. Tess lo miró largamente, en una mezcla de ternura y arrepentimiento —. Fue un comentario muy desafortunado por mi parte. Por favor, perdóname.

Él respiró hondo. Al fin, se acercó a la mesa, retiró una silla y tomó asiento frente a ella.

—¿Qué es lo que está pasando, Tess?

Ella extendió los brazos y tomó las manos del motero entre las suyas. Él la dejó hacer pero no respondió a su intento de acercamiento.

—Me parece que el problema es que son demasiados cambios a mi edad —murmuró, llena de dulzura y al mismo tiempo de preocupación—. Mi mente y mi cuerpo se resisten.

Si no tenía que ver con las memeces de su suegra, entonces había un verdadero problema. En un segundo sintió que se le secaba la garganta. Dakota entrelazó sus dedos con los de Tess.

—Déjate de rollos y suéltalo de una vez.

Tess exhaló un largo suspiro. Al fin, empezó a explicarse.

—Una parte de mí quiere ir a por todas. Abrir mi propia editorial, dejar de perder el tiempo editando historias en las que no creo y dedicarme a publicar libros que merezcan la pena —soltó un nuevo suspiro y miró a Dakota—, pero hay otra parte de mí que está preocupada. Es una inversión importante, que se llevaría nuestros ahorros, y mantener dos negocios sin un colchón para imprevistos me inquieta.... —volvió a respirar hondo—. Tenía casi decidido ponerlo en marcha cuando acabara mi contrato con Harper Collins y pensaba hablar contigo este fin de semana a ver qué te parecía, y esta mañana surgió otro contratiempo. Mi jefa me ha dicho que la editora titular les avisó que no disfrutará de las semanas de licencia que le quedan. Se reincorporará a su puesto el mes que viene... Quieren conservarme como editora de otro sello del grupo, pero la sola idea de empezar de nuevo me desanima. Por otro lado, si no lo acepto, me quedo sin trabajo en un mes y también tendría que empezar de nuevo en otra parte... —se encogió de hombros al tiempo que hacía un gesto tristón con la boca—. Sea como fuere parece que tendré que continuar afrontando cambios, aunque no quiera.

Dakota frunció el ceño. Los ojos de Tess brillaban de una forma rara. ¿Eran lágrimas? Una corriente de ternura y otra de preocupación lo invadieron al mismo tiempo. Tiró de una de sus manos, en un tácito pedido de que se acercara. Hizo que tomara asiento sobre sus piernas. Ella le obsequió una sonrisa algo forzada. Era obvio que luchaba por sobreponerse y parecía conseguirlo. De momento. Pero la preocupación del motero no dejaba de crecer.

—Voy contigo a tope en lo que decidas. Te lo dije cuando llegaste a Londres y te lo repito ahora: eres una mujer súper inteligente y cualquier cosa que emprendas, será la caña —apretó el abrazo en torno a su cintura en un gesto de ánimo—. ¿Qué más da si nos comemos los ahorros? Ya nos buscaremos la vida... No necesitamos tu sueldo para vivir, Tess. El bar va bien... Me está dejando en los huesos —bromeó, un intento infructuoso de arrancarle una sonrisa—, pero va bien. Todo esto lo sabes así que ¿por qué no me cuentas de qué va este tema?

Saberse descubierta no supuso un alivio para Tess. Al contrario, contribuyó a incrementar su angustia. En sus ojos volvieron a brillar las lágrimas, retroalimentando aquel proceso extraño que parecía suceder al margen de su voluntad. Angustia, lágrimas; más angustia, más lágrimas. Una montaña rusa en la que se hallaba prisionera desde que había regresado a su tierra natal.

—Eh, bollito... ¿qué pasa, nena? —susurró Dakota al darse cuenta de que Tess estaba a punto de llorar.

Ella apretó los párpados. Durante unos segundos concentró su energía en recuperar la compostura. Al fin, respiró profundamente.

—Mi menstruación no acaba de regularse y me parece que la píldora no me está sentando bien... No sé... —sacudió la cabeza. Las lágrimas volvían a anegar sus ojos—. Me siento tan irritada, tan ansiosa, todo el tiempo con las lágrimas a flor de piel... Soy como una extraña en mi propio cuerpo. Acabo el día mentalmente agotada del esfuerzo que hago para controlar a este ser híperemocional en el que me he convertido... Por eso me preocupa abrir la editorial, no creo que ahora disponga de la energía necesaria para hacer frente a algo así.

Dakota la estrechó más fuerte, buscó su mirada.

—Pero el médico dijo que estabas bien, que era normal hasta que te adaptaras al cambio, ¿no? —Tess asintió—. Entonces, deja la píldora, bollito. Si te está sentando mal no la tomes...

Ella esbozó una ligera sonrisa, algo incómoda.

—¿Quedarme sin tratamiento y sin método anticonceptivo al mismo tiempo? Un poco arriesgado, ¿no crees?

—Deja de tomarla —insistió él—. Pruébalo un tiempo. Igual es eso lo que te trae de cabeza —esbozó una sonrisa maliciosa, decidido a que se relajara y volviera a sonreír —. Tú, tranquila, que haré acopio de condones. Bueno, digo, porque supongo que no querrás probar eso del "coitus interruptus"...

—¿Contigo? —Tess echó a reír de buena gana al tiempo que eliminaba todo rastro de lágrimas de sus mejillas. Dakota también rió, aliviado—. No, amor, no quiero probarlo.

—Haces bien —concedió el motero y soltó una carcajada cuando el pensamiento apareció en su mente—. Porque como no me la ate en plan chorizo, lo llevas claro. Te preño seguro.

Ella le dio suavemente con el codo a modo de reprimenda.

—Scott... —se quejó.

Pero Tess seguía riendo, y para Dakota, de eso se trataba.

—¿Qué? —dijo abrazándola en uno de sus fingidos arranques de pasión. Sus ojos recorrieron satisfechos el rostro de la editora. Le encantaba oírla reír—. ¿Vas a hacerme caso y a dejar de tomarla un tiempo, a ver qué pasa?

Ella hizo una mueca de desagrado. Acarició distraídamente los pendientes que Dakota se había puesto aquel día. Solo los usaba de tanto en tanto. Decía que para evitar que se le cerraran los orificios.

—No me gustan los preservativos...

—Genial. Entonces, no me los pongo —apuntó él y al ver la cara de la editora soltó una carcajada. Tess, que casi nunca podía sobreponerse a la risa contagiosa del motero, también claudicó.

—Me refería a que habrá que buscar un método alternativo —aclaró. Él le robó un beso y ella se dejó de muy buen grado—. Pero sí, creo que tienes razón. Estoy a punto de acabar el blíster y no comenzaré uno nuevo. Descansaré un tiempo a ver qué tal van las cosas. Gracias, amor. Eres mi medicina perfecta. Siempre.

Dakota la abrazó fuerte. Pues debía ser mutuo, pensó, porque cuando no la tenía así, cerca y suya, se sentía fatal.

—Haz lo que quieras, nena. Sea lo que sea que decidas, siempre tendrás mi apoyo —buscó su boca y ambos se fundieron en un beso largo y amoroso tras el cual, Dakota añadió—: Te adoro, Tess.

Ella se acomodó en su abrazo. Recostó la cabeza contra el pecho masculino y cerró los ojos. Por primera vez en mucho tiempo, se sentía en calma. Todo su cuerpo, cada músculo y cada tendón, habían relajado la tensión a la que llevaban sometiéndola desde hacía días y tenía tal sensación de liviandad, que no le habría extrañado remontar el vuelo.

—Y yo a ti, Scott —murmuró—. Eres lo mejor de mi vida.

A falta de quince minutos para las diez, Evel había empezado a perder parte de su habitual parsimonia. Había sido algo evidente para todos, pero en especial para Dylan que lo tenía cerca, ya que continuaban conversando intermitentemente, entre comanda y comanda.

El irlandés encontraba divertido verlo mirar el reloj cada dos segundos o verificar en el reflejo de las ventanas que su aspecto continuaba perfecto cada vez que pasaba junto a ellas, recogiendo las mesas. El Caballero Evel, al que durante dos años había tenido que arrastrar a las citas de fin de semana, ya no aguantaba las ganas de estar con su chica. Y no solo en el sentido romántico de la palabra. Dylan sonrió. Ya se veía trabajando solo en el Camaro mientras el colega se encerraba con Abby en el lavabo a darle gusto al cuerpo. Menudo cabrón. Ahora que lo pensaba mejor, quizás no había sido tan buena idea apuntarse a ayudarlo con los últimos retoques del encargo que recogerían la mañana siguiente. Pero, la verdad fuera dicha, la alternativa de padecer los efectos secundarios de la borrachera del presidente del club de moteros no le atraía para nada. Conor se ponía ñoño a morir cuando bebía de más. Además, la inquietud por la propuesta de Clinton Rowley trepaba imparable a pesar de sus intentos por mantenerla amarrada: Le vendría bien ensuciarse las manos un rato en el taller. Tenía un efecto sedante sobre su mente hiperactiva, casi tan sedante como un buen polvo.

Para sorpresa de Dylan, el cuadro empeoró al dar las diez. A través del visor de su casco lo veía serpenteando temerariamente entre el tráfico como si el mundo estuviera a punto de acabarse. Sabía que era Evel, pero no acababa de dar crédito a sus ojos; el tío iba en el aire. Ni siquiera disminuyó el ritmo cuando al fin llegaron al Soho donde Abby participaba como artista en una fiesta-exhibición privada. Tan solo lo hizo cuando el enorme portero los dejó pasar después de consultarlo con alguien por un microauricular que llevaba en un oído. Se detuvo para echarse un último vistazo, claro.

—Traquilo, que estás impecable, tío —se mofó el irlandés—. Mojas seguro.

La reacción no tardó en llegar. Evel se volvió hacia su amigo, sus ojos brillando de rabia.

—No me cabrees, Dylan. Haz el favor de guardarte esa clase de comentarios para ti. No tengo el menor interés en oírlos.

El irlandés alzó los brazos en un cómico gesto de rendición y siguió a su amigo hacia el interior en silencio. Y cuando consiguieron emerger entre el gentío súper chic y acercarse al mini escenario, los ojos que brillaron de rabia fueron los de Dylan. Al reconocer a la modelo de Abby.

—No quiero ni respirarle cerca a esa tía, ¿en qué idioma te lo tengo que decir para que lo entiendas? Mierda, Evel, ya me has jodido la noche...

Pero Abby los había visto, los saludaba con la mano y lo último que le importaba a Evel en aquel momento era el enfado de Dylan.

—Te gusta, admítelo, y es mutuo. Habla con Amy. No seas tan rencoroso, tío —y cuando acabó la frase ya se dirigía al encuentro del amor de su vida.

"No cuentes con eso, chaval", pensó el irlandés mientras inspeccionaba rápidamente el lugar con la mirada. En el rincón noreste había una barra con unas pocas sillas altas de diseño a modo de taburete. Detrás de ella, una veinteañera de aspecto tan estirado como la clientela servía lo que a esa distancia parecía champán. Entonces, vio con alivio que una de las sillas quedaba libre. Dadas las circunstancias, una copa y un rincón donde bebérsela tranquilamente le parecía la alternativa ideal.

Abby y Evel se las arreglaron para escabullirse del salón principal tomados de la mano, riendo como dos niños haciendo travesuras. Pero no fueron muy lejos; al inhóspito cuarto que habitualmente se usaba como guardarropas y que, en esta ocasión, a falta de abrigos que guardar ya que era una fiesta de gala en pleno verano londinense, había servido para que los artistas dejaran sus bolsos y utensilios de trabajo. Entraron, entornaron la puerta y se adueñaron del rincón más próximo.

—¡Dios, qué ganas de verte! —susurró Abby fundiéndose en un abrazo con Evel.

—Ya no aguantaba más... —replicó él, estrechándola aún más fuerte.

Lo siguiente fue un beso de tornillo que duró varios segundos, tras el cuál Evel soltó un suspiro de hombre realizado que la hizo reír.

—Vale, ahora que me he chutado mi dosis de ti y vuelvo a ser yo otra vez, deja que te mire bien —dijo ante las carcajadas de Abby que encontraba divertidos aquellos comentarios del motero y el tono de desesperación con que los decía.

La apartó apenas lo suficiente para poder echar un vistazo más en detalle al aspecto de su chica. El bomboncito estaba que cortaba el aliento con aquel atuendo de marcado estilo gótico, dominado por el rojo sangre y cómo no, el negro. Consistía de dos piezas; un vestido de falda larga y vaporosa de una combinación de raso y encaje negro, que en la parte frontal se enrollaba por encima de la rodilla dejando expuestas unas botas de gran plataforma, con la caña alta jalonada de tachuelas, y un corpiño de cuero rojo sangre con un escote en forma de cuña que le llegaba hasta el ombligo (con trabas de cuero transversales para impedir que se abriera) ribeteado de encaje negro. Maquillada y con un recogido del mismo estilo de su indumentaria, toda ella lucía muy diferente de lo normal, era cierto, pero lo que más lo asombró fue la inusual cantidad de piel que dejaba a la vista. No le parecía muy caballeroso por su parte comentar al respecto, pero el brillo de sus ojos hizo las veces perfectamente. Tanto que Abby sonrió algo incómoda.

—No es mío. Me lo han dado al entrar y lo devolveré al salir. Es lo único que puedo decir en mi defensa. Bueno, eso y que, evidentemente, no han acertado con la talla —bajó la cabeza para mirarse, tiró de los bordes del *bustier* en un intento (vano) de cubrir mejor el canalillo, y volvió a mirar al motero con cara de dolor—. ¿Estoy demasiado provocativa?

Él sonrió incrédulo. ¿Cómo era capaz de excitarse mirándola y al segundo siguiente derretirse de ternura por algo que ella decía?

Solo Abby conseguía despertar emociones tan intensas y opuestas entre sí con diferencia de segundos. Evel volvió a abrazarla, la acunó en sus brazos cariñosamente.

—Estás increíble, linda. Perfecta por los cuatro costados.

Ella se acurrucó entre los brazos del motero y suspiró.

—¿Seguro? ¿No es un poco demasiado... ya sabes?

—Sí, seguro. Además, el gótico te sienta de maravilla —no pudo evitar comentar su lado demonio.

—¿Te gusta?

—Mucho.

Abby le rodeó la cintura y alzó la vista. Él la miraba extasiado y ella... Podía quedarse tal cual, entre sus brazos, contemplando cómo aquellos increíbles ojos verdes la contemplaban a ella. Pero como continuaran así dos segundos más, pasarían de la contemplación a la acción.

—¿Te cuento una noticia? —Evel asintió, ilusionado—. Alex Sinclair estaba entre los invitados. No esperaban que viniera, pero vino. Estuvo hablando conmigo.

—¿*Ese* Alex Sinclair?

Era el director cinematográfico de moda. Con apenas treinta años había dado el salto de la dirección teatral al cine y sus cuatro últimas películas habían sido un éxito de taquilla.

Abby asintió con una sonrisa orgullosa, pero permaneció en silencio, alimentando la ansiedad del motero.

—¿Y...? —la animó él—. Venga, dímelo.

—Después del verano empieza a rodar su nueva película. Dos palabras: fantasía épica.

Evel abrió la boca de pura admiración.

—¡Y quiere que te encargues de maquillar a sus personajes fantásticos!

—Bueno —dijo ella, con cautela—, lo que quiere de momento es que llame a su asistente y concierte una cita.

Él ladeó la cabeza, la miró intrigado.

—¿Estás contenta o no? —preguntó él, dubitativo—. Deberías. Es una gran ocasión profesional, pero no te noto demasiado entusiasmada...

Abby hizo un gesto dudoso con la boca. Le alegraba haber captado la atención de alguien influyente y reconocido. Se sentía muy halagada, claro. Pero lo que había podido comprobar hasta el momento era que cuanto más importante era la propuesta que recibía, mayor era el número de hilos que se movían a su alrededor, que indefectiblemente acababan complicándole la vida. Cuando solo pintaba panzas embarazadas, sus días eran mucho más normales. Tenía tiempo para ella, para tomarse un café con Amy y, lo más importante, para estar con Brian. Añoraba esas épocas, que sentía lejanas en el tiempo a pesar de que no habían transcurrido más de unas cuantas semanas desde entonces.

—Me alegra. Claro que sí. Pero estos proyectos te absorben y yo no quiero que me absorban... —Evel estaba totalmente de acuerdo con eso, pero no podía decírselo. No *debía* decírselo—. En fin, de todas formas todavía estamos en la fase de concertar una cita. Habrá que ver si paso a la siguiente.

—Ya lo tienes en el bote. Eres excepcional, Abby —afirmó el motero sin hacer el menor intento de disimular lo orgulloso que se sentía de ella.

Abby lo miró con una mezcla de picardía y amor a raudales.

—Y tú, nada objetivo cuando se trata de mi, Brian. Tienes que admitirlo.

—Tengo dos ojos en la cara y capacidad para reconocer el talento cuando lo veo —empezó a decir de lo más convincente, pero cuando la vio mirarlo con expresión de "a otro perro con ese hueso", claudicó—. *Vaaale*, lo admito —su expresión adquirió gravedad y muchísima dulzura cuando dijo—: estoy demasiado enamorado de ti para ser objetivo... Loco perdido.

El rostro de Abby también adquirió gravedad.

—¿Muy, muy loco?

Aquel susurro insinuante no había llegado solo; ella recortó la escasa distancia que los separaba. Sus pechos se pegaron al torso del motero y el *bustier* se encargó de hacer el resto. Los ojos de Evel acariciaron apasionadamente la carne turgente que rebasaba de las copas haciendo aún más evidente el delicioso canal que separaba los pechos de su chica.

—Ay, linda, qué ganas de comerte entera aquí mismo... —el vaho caliente que le abrasó el oído cuando él se dobló sobre ella, se extendió sobre su pecho como una onda expansiva.

—Qué ganas de que lo hagas... —le correspondió ella.

Sus dedos empezaron a juguetear con el *piercing* que Evel llevaba en la tetilla. Él echó la cabeza hacia atrás y apretó los párpados. Durante un instante se permitió sentir sin más. Los dos lo hicieron. Al fin, Evel bajó la cabeza, sus miradas se encontraron tan llenas de pasión como de amor.

—Tienes que volver ahí fuera, a seguir encandilándolos con tu talento —Abby puso morritos y él se inclinó a besarle la coronilla—. Sí, linda. Y yo tengo que ir al taller a acabar un coche que vienen a recoger mañana cuando esté a trescientos kilómetros de Londres, negociando la compra de una pieza original de los años cincuenta. No creo que quede libre hasta la tarde —Evel soltó un suspiro—. Me voy a morir si tengo que pasar otras veinte horas sin verte...

—¿Veinte horas? Te mato yo antes como se te ocurra no vernos aunque sea un rato...

Evel volvió a estrecharla entre sus brazos.

—Llámame cuando acabes aquí que vengo a buscarte...

—Ni hablar. Llevas dieciséis horas en pie. Cojo un taxi al taller.

Hablaban entre susurros, robándose besos, regalándose caricias.

—No, linda. Me llamas y te recojo. ¿Cena de madrugada en mi piso? —buscó su aprobación y una enorme sonrisa se adueñó del rostro del motero cuando la vio asentir complacida—. *Falafels* y ya veré qué más, ¿te parece bien?

Abby se relamió de gusto y volvió a estrecharlo fuerte.

—¡Ñam! Ay, Brian... ¡Eres mi héroe!

Él le palmeó el trasero en broma.

—Oyes la palabra "*falafel*" y se te cambia la cara. Te voy a dar "héroes" a ti...

Era cierto, en parte, pero no del todo. Los *falafels* le encantaban, pero nada, absolutamente nada en el mundo le gustaba tanto como él.

Abby tomó el rostro del motero entre sus manos.

—Puedo pasarme meses sin probarlos y no sucede nada. A ti no puedo estar un día sin verte —se puso de puntillas y lo besó en los labios—. Y dos minutos después de haberte probado, ya me estoy muriendo por repetir... Tú eres mi única y auténtica adicción, Brian. Solo tú.

Evel respiró todo lo hondo que le permitieron sus pulmones y exhaló el aire en un suspiro cargado de amor, de deseo, de resignación por tener que marcharse, porque los días le parecieran tan interminables hasta que al fin la tenía entre sus brazos y tan efímero el tiempo que pasaban juntos. Apartó delicadamente las manos femeninas de su rostro, pero las sostuvo entre las suyas.

—Vete, Abby —dijo en una especie de ruego—. Llámame cuando acabes, pero ahora vete.

Dios, ¿por qué cada vez era más complicado pasar tiempo juntos? Odiaba tener que dejarlo. Y mucho más saber que él tenía razón.

—Sueño con el *finde* que viene, que lo sepas —anunció ella.

Evel asintió varias veces con la cabeza. Todo un fin de semana para estar juntos y una sorpresa romántica que él llevaba días planeando al detalle. Un sueño.

—Y yo, linda. Y yo. Pero ahora vete.

Abby apretó amorosamente las manos del motero, le arrojó un beso con los labios y desapareció tras la puerta.

Entre-Historias 3

Viernes 21 de agosto de 2009.
Bar The MidWay.
Hounslow, Londres.

El goteo de gente había empezado poco antes de las seis de la tarde. Una hora después ya no cabía un alfiler. Por todos lados había moteros pasándolo en grande mientras esperaban que diera comienzo la actuación de la banda de rock galesa que el último fin de semana de julio había despertado pasiones entre los asiduos al MidWay y desbordado de trabajo a su personal. Hoy, sin embargo, las cosas pintaban diferente. Con dos contrataciones nuevas detrás de la barra, Andy en los mandos, y los dos propietarios del bar en sus puestos desde temprano, preparados para hacer frente a la avalancha de clientes, las perspectivas eran mucho más prometedoras.

Evel siguió a su chica con la vista a lo largo del salón superpoblado de moteros. Le resultaba imposible no regodearse en

"

unas vistas que siempre le habían parecido espectaculares, y que aquella noche en particular, encontraba impactantes. Abby había rescatado el negro, color que hacía mucho que no usaba, y lo hacía con un impresionante vestido sin mangas de reminiscencias góticas con un corpiño muy ceñido cuyo acordonado frontal llegaba hasta la cintura. Otro similar decoraba la parte posterior de la falda. Evel sabía perfectamente qué la había inducido a desempolvar el gótico de su guardarropa; que ahora sabía que a él le encantaba. ¿Y cómo no, si estaba imponente?

—En cualquier momento empiezas a babear... Este fin de semana sí que tu bomboncito acaba en Urgencias. Qué cabronazo estás hecho.

A pesar del recordatorio de que estaba a horas de un momento con el que llevaba semanas soñando, aquellas palabras devolvieron a Evel al planeta Tierra con cara de pocos amigos.

—Vuelve a decirlo y te tragas los dientes.

Dylan le palmeó el hombro festejando a su manera las reacciones pudorosas de un tipo al que no entendía en absoluto, pero admiraba mucho.

—Pasa de mí, chaval. Aunque no lo parezca, me alegro de que la vida te vaya tan bien —intercambiaron miradas con mensaje y Dylan aclaró la frase—. Primero, fue Dakota el que se echó novia... joder, qué increíble me sigue pareciendo —añadió con sorna—. Y ahora tú... No me fastidiaría tanto, si no fuera porque me has dejado solo con Conor, y el chaval no aguanta nada; a la segunda cerveza me toca cargármelo al hombro y acostarlo como a los bebés... Pero me consuelo pensando que me quedan dos semanas de aguantarlo. En septiembre, trabajo nuevo, vida nueva. Os dejaré una foto para que no se os olvide mi cara.

—No es para tanto —comentó Evel, dando un sorbo a su bebida. Volvió a controlar el área de lavabos con la vista.

—¿Qué no? Ja. Ya le he dicho que este fin de semana no quiero historias. Si se viene de fiesta conmigo, estará a leche, como los críos. Estoy harto de meterlo en la cama.

Evel sonrió para sus adentros.

—Vente a Mersham conmigo. Así, te libras de arropar al bebé y te alegras la vista. Quién sabe, igual también algo más que la vista... —dejó caer, como al pasar.

Era la tercera vez que Evel insistía en la idea. Abby participaba en un festival de arte corporal y su amiga haría de modelo. La mirada del irlandés regresó a los ojos del socio capitalista del MidWay, que no pudo evitar sonreír.

—Que vaya a Mersham contigo, ya. ¿A qué? ¿A pasarme dos días indigestado con las chorradas de la pedorra amiga de tu novia? —Dylan torció la boca en un gesto de disgusto—. No me quieras tanto, colega.

Evel sirvió unos cacahuetes en un platillo y lo puso frente a su amigo.

—Ni lo intentes. ¿Crees que no me he enterado de que habéis estado hablando el viernes, en esa fiesta a la que me acompañaste?

No habían estado hablando. *Ella* había intentado mantener una conversación y *él* había pasado, que no era lo mismo. Más o menos como estaba sucediendo ahora; *Evel* estaba intentando comerle el coco para que volviera a enrollarse con la amiga de su novia y *él* pasaba tanto del tema que ni siquiera haría comentarios.

El irlandés continuó bebiendo cerveza como si tal cosa.

—Además, no es ninguna pedorra, tío —insistió Evel—. Es una chica divertida. De hecho, se parece bastante a ti.

Dylan miró a su colega con la ceja enarcada.

—*Séeee...* Especialmente en el pelo —volvió a torcer la boca en un gesto de disgusto—. ¿Sabes qué? Si algún día me parezco en algo a esa tía tienes mi permiso para zurrarme, ¿vale? Zúrrame hasta cansarte.

La sonrisa de Evel se hizo mucho más grande.

—Abby tiene razón. Amy te va, te gusta muchísimo. Lo que no soportas es que ella procede con sus citas igual que tú procedes con las tuyas. Te ha dado a probar tu propia medicina y no has aguantado el envite.

—¿Que me ha dado a probar *qué*? Oye, no me hagas hablar, que luego te cabreas.

Esta vez fue Evel quién le palmeó el hombro a su amigo.

—Ya sabes lo que dicen, tío... Del odio al amor solamente hay un paso. La invitación sigue en pie.

Del odio al asesinato también, pensó Dylan, pero no lo dijo. Tras hacer un gesto desdeñoso con la mano, se puso a comer cacahuetes.

Dakota apoyó la bandeja sobre el alféizar interior de una de las ventanas y tanteó el bolsillo trasero de sus pantalones pitillo en busca del móvil. Habían quedado en que Tess tomaría un taxi desde el trabajo a tiempo para ver la actuación de los galeses, pero no la veía por ningún lado. De otra mujer, no se extrañaría, pero del bollito sí; era súper puntual. Soltó un taco al ver que tenía un mensaje suyo. Con el follón del bar no había oído la señal. Hacía más de media hora que lo había recibido... Lo abrió y al leerlo volvió a soltar una retahíla de palabrotas. Dejó todo como estaba, y subió a la buhardilla utilizando el acceso independiente desde la calle.

Entró en su casa, llamándola, preocupado.

—¡¡¡¡Teeeeessssss!!!! Joder, contéstame... ¿dónde estás? —gritó cada vez más nervioso mientras recorría la estancia a grandes zancadas, asomando la cabeza en cada hueco de la remodelada buhardilla.

Tess, que había respondido a cada llamado aunque Dakota no la hubiera oído, volvió a hacerlo procurando sonar lo más normal posible.

—Estoy en el baño. Ya salgo.

Un instante después, la puerta se abrió de par en par y Dakota corrió hacia ella.

—Joder, bollito... estás blanca como un papel —se puso en cuclillas a su lado. Tess, sentada sobre la tapa del inodoro, se esforzó por ofrecerle una sonrisa.

—Estoy mejor, no te preocupes. Algo me ha sentado mal. Estoy un poquito revuelta, pero ya pasa.

Dakota tomó el rostro de la editora entre sus manos. Lo escrutó con recelo, y al fin torció la boca.

—Ya, y yo me lo creo...

Tess esbozó una media sonrisa. No era cierto que se le estuviera pasando y él se había dado cuenta. No había ido a más, que no era poco, pero aún seguiría indispuesta unas cuantas horas más. O quizás, días. Algo que, por supuesto, no pensaba decirle aún.

—Todavía no pasa —admitió con cierta resignación—, pero pasará.

—¿Es el estómago?

No, exactamente, pensó Tess, a pesar de lo cuál asintió.

Entonces vio que Dakota se ponía de pie, sacaba algo del armario y añadía un poco a medio vaso de agua.

—Es asqueroso, pero funciona —dijo él. Tess se encontró con un vaso efervescente frente a los ojos—. Vas a echar hasta la primera papilla.

La editora esperaba que no fuera así. El dolor de ovarios la estaba matando, de modo que lo último que deseaba era sumar una vomitera.

Cerró los ojos y bebió el contenido del vaso sin respirar.

—Buena chica. Ahora, a la cama —Dakota dejó el vaso de lavarse los dientes en el lavabo y tomó en brazos a Tess, que lo miró sorprendida. Él escondió tras una de sus bromas con doble sentido, su creciente preocupación—. Me iría a la cama contigo, ya lo sabes, pero no quiero abusar...

—Qué hombre más considerado —murmuró ella, intentando sonar animada.

—Lo que sea por ti, bollito —replicó con toda la guasa del mundo.

Por dentro, sin embargo, no había tal guasa. Era un novato en temas de pareja porque era la primera vez que mantenía una relación seria con una mujer, pero cuando se trataba de Tess, tenía una especie de sexto sentido. Le pasaba algo. Además de la indigestión. A ver cómo se las ingeniaba para averiguarlo ya que había quedado claro que ella no estaba por la labor de irse de la lengua.

Dakota la depositó con suavidad sobre la cama y se sentó a su lado. Le apartó el flequillo de la frente.

—¿Dónde está tu móvil?

—En la mesa de la cocina, creo.

El motero abandonó la habitación y regreso poco después con el aparato que depositó junto a su chica, sobre la almohada.

—Subiré a cada rato, pero si me necesitas, llama. Lo voy a poner alto para oírlo si suena, ¿vale? —dijo mientras manipulaba el volumen.

—Gracias, Scott. En cuanto me sienta un poquito mejor, bajo.

—Ni hablar. Aquello es un follón. Me estaba poniendo malo hasta yo. Demasiado calor y demasiado ruido.

—Lo que usted diga, doctor —bromeó Tess, acomodándose en la cama.

Dakota se inclinó y depositó un beso sobre sus labios y otro más sobre la punta de la nariz.

—Así me gusta, que obedezcas... Y si eres muy buena, cuando vuelva, jugamos a los médicos —añadió riendo.

Tess extendió una mano y le acarició la barbilla con dulzura.

—Ya me parecía a mí que estabas demasiado serio... —murmuró.

Él festejó el comentario con una risotada, depositó un último beso sobre la mano que le acariciaba la cara, y abandonó la habitación.

Los galeses ya habían empezado a aporrear los instrumentos cuando Dakota regresó a la barra. El público los acompañaba dando palmas y algunos bailaban en el sitio. No era que esas señales pudieran tomarse muy en serio viniendo de un lote de moteros que habían bebido más de la cuenta, pero el grupo estaba cumpliendo su cometido; atraer público al bar y entretenerlo.

Aunque, por lo visto, no todos se entretenían con la música, pensó al ver a su socio comiéndole la boca a su chica como si estuvieran solos. Si un año atrás, alguien le hubiera dicho que un día vería a Evel convertido en un pulpo, sujetando entre sus tentáculos nada más y nada menos que a Morticia, habría pensado que estaban de guasa. Cuanto más lo miraba, más alucinante le parecía la transformación de su amigo. No solo nunca lo había visto tan involucrado con una mujer, es que estaba totalmente seguro de que jamás había estado tan salido por una. Al tío se le iban las manos a base de bien.

Y dado que las bandejas de los aperitivos continuaban vacías, era evidente que Evel estaba más atento a su novia que al negocio.

"Pues lo voy a sentir mucho, chaval, pero se acabó el recreo", pensó mientras se dirigía hacia la pareja.

—Lamento interrumpir el morreo, pero os necesito a los dos —anunció Dakota.

Evel soltó un "mierda" que solo Abby llegó a oír y que le robó una sonrisa. Miró a su socio con incomodidad. Lo último que quería saber en aquel preciso momento era que alguien, distinto de su novia, lo necesitaba para algo. Le daba igual qué; no estaba para nadie. *No quería estar para nadie.*

Abby se apartó el cabello de los hombros por hacer algo y también miró a Dakota pensando "te has pasado toda la vida ignorándome. ¿Y justamente *ahora* me necesitas, so capullo?"

—Es una putada, lo sé, pero es lo que hay. Tú —miró a su socio—, a por los aperitivos. No se van a poner solos y yo tengo nada más que dos manos. Así que préstame algunos de tus tentáculos —sin quedarse a ver el fuego que consumió la cara de Evel ante su abierta insinuación, miró a Morticia—. Necesito que te quedes con tu hermana. Está mala y no quiero dejarla sola.

La expresión de Abby cambió en un segundo. De disgustada a alarmada.

—¿Qué ha pasado? —preguntó, visiblemente preocupada.

—Dice que la comida le sentó mal, pero conociendo a tu madre... No sé yo.

—Sube, bombón. Seguro que le vendrá bien tu compañía —la animó Evel, acariciándole el cabello.

¿Y el muy moñas la llama "bombón"? Hay que joderse...

Dakota puso los ojos en blanco.

Evel, que captó el gesto, le dio un empujoncito amistoso.

—Deja de burlarte, tío. Que lo tuyo también tiene miga... *Bollito* —repitió bromeando mientras el motero pelilargo se alejaba sacudiendo la cabeza.

Abby había usado las llaves de Dakota por lo que Tess pensó que se trataba de él cuando oyó pasos que se acercaban. Aunque las cosas entre las hermanas habían mejorado, lo último que esperaba era que Abby estuviera allí. Se incorporó un poco en la cama al verla, y se arregló el cabello.

—Hola... Qué sorpresa... Pasa, pasa, por favor... —ofreció con su gentileza habitual.

Abby encendió la luz del techo y se acercó preocupada.

—Estás demacrada... —le apoyó una mano sobre la frente y la mantuvo allí unos segundos.

Aquel gesto trajo a la memoria de Tess el recuerdo de otras épocas, cuando eran niñas y solían contagiarse la gripe mutuamente. Así era como verificaba su madre cómo evolucionaba la fiebre ya que jamás se había fiado de los aparatos específicamente diseñados a tal fin.

—No tengo fiebre —anticipó, pero no hizo el menor intento de apartar la mano de su hermana. Era una sensación agradable y no fue hasta entonces que se dio cuenta de cuánto necesitaba ese contacto. Después de tantos meses de distancia y frialdad, aquel gesto impensado le resultó tierno, entrañable.

El contacto, sin embargo, no duró mucho. Pronto, Abby retiró la mano y tomó asiento junto a su hermana, en la cama.

—Pero no haces buena cara...

Tess se incorporó mejor. Se apoyó contra el respaldo y acomodó los cojines detrás de la cabeza.

—No te preocupes. No es nada...

—¿Has discutido con mamá?

Tess miró a su hermana extrañada, pero al instante lo comprendió: para Scott todos sus males siempre estaban relacionados con Amelia Gibb. Esta vez, no era así. Tess negó con la cabeza.

—Desde que me muestro intransigente con sus salidas de tono, las cosas han mejorado. Nunca aceptará totalmente mi relación con Scott, pero, al menos, ha dejado de entrometerse.

—Por el momento —matizó Abby—. Yo no lanzaría las campanas al vuelo si fuera tú...

Tess asintió.

—No lo hago —contrajo el rostro cuando una puntada le atravesó el vientre de lado a lado, pero se esforzó por reponerse y añadió—: Me tranquiliza comprobar que ha optado por dejarlo estar aunque sea algo temporal. Mi relación con Scott no lo es —miró a su hermana con firmeza—. Si no entiende que jamás habría puesto mi mundo del revés de no estar absolutamente segura de mi compromiso con esta relación, el tiempo se ocupará de demostrarle que está equivocada.

Abby asintió. Hablaban de Amelia Gibb, pero las dos sabían que el objetivo de Tess era mucho más amplio, y que también la incluía a ella.

—Y si no fue mamá, ¿qué es?

—Algo que me habrá sentado mal...

—¿Algo como qué?

Tess bajó la vista. Después de tantos años viviendo sola en Boston, tan lejos de la mirada observadora de las mujeres Baldini/Gibb, le costaba volver a estar permanentemente bajo el objetivo. No se les escapaba nada.

—Es mi menstruación. Desde que me mudé a Londres algo no va bien —admitió Tess, y al ver la evidente preocupación en el rostro de su hermana, se apresuró a añadir—. No, no... No te preocupes. El médico dijo que era normal, que quizás demoraría un tiempo en regularizarse. Me recetó un tratamiento y parecía que mejoraba algo. Pero este mes, no lo sé, me encuentro peor que otras veces.

—¿Te duele?

—Sí... —Tess se esforzó por ofrecer una sonrisa, pero aquel "sí" equivalía a un "muchísimo" para Abby—. Llevo cinco días con los síntomas de empezar a menstruar, pero no acaba de suceder. Me siento como si fuera a explotar.

La expresión de Abby cambió por completo.

—¿En cinco días no te ha bajado la regla? —al ver que su hermana negaba con la cabeza, los ojos de Abby se iluminaron— ¡¿Y si estás embarazada?!

La expressión de Tess también cambió por completo. En un instante, se llenó de ilusión. Y sorpresa. Y dulzura, y asombro... Todo al mismo tiempo.

—¿Cómo voy a estar en estado si tomo la píldora?

Abby ya había echado a reír, ilusionada ante la posibilidad de convertirse en tía.

—No serás la primera mujer que acaba concibiendo gracias a los métodos anticonceptivos... ¡Pues que sepas que me encantaría tener un sobrino!

Le resultaba novedoso y entrañable ver lo animada que estaba Abby. Tanto que por un instante, se olvidó del dolor y celebró con ella aquel momento distendido.

Rieron durante un buen rato, entre miradas llenas de picardía y bromas sobre maternidades inesperadas. Ambas tuvieron la sensación de que el tiempo había retrocedido varios años, cuando Tess aún vivía en la casa familiar.

Abby recordó, como si acabara de suceder, que después de cenar, cada noche, Tess se echaba junto a ella en la cama, a leerle en voz alta hasta que se dormía. Iban juntas al colegio, cotorreando todo el trayecto. En realidad, era ella quién hablaba la mayor parte del tiempo, Tess escuchaba. La recordaba así; reservada, paciente y siempre dispuesta a ayudarla con los deberes. Luego, había habido quince años de ausencia... Y tras su regreso a Londres, seis meses de guerra fría a cuenta de Dakota. Incongruencias de la vida, a pesar de ser tan diferentes, las dos hermanas se habían enamorado del mismo hombre. Un hombre por el que Abby llevaba suspirando toda la vida, y que al final, acabó convertido en su cuñado. Meses de sentirse traicionada, ignorada, profundamente infeliz... Ahora aquellos días sombríos le parecían tan lejanos, incluso extraños; como si no hubieran formado parte de su vida, como si no hubieran sido más que un mal sueño... Esta era la primera vez que estaba junto a su hermana mayor sin que una tormenta de despecho se adueñara de ella.

Abby respiró hondo y abrió la boca como quien está a punto de decir algo. Titubeó un instante. De pronto, sentía la necesidad de sincerarse con Tess, pero, realmente, no sabía cómo empezar.

—Oye... Quería decirte que...

Primero fue el sonido de la puerta lo que interrumpió la conversación de las mujeres. Y a continuación, el de unos pasos que se acercaban. Finalmente, la inconfundible voz del dueño de casa, anunciando su presencia al mejor estilo Dakota:

—¡El médico ya está aquí... A ver cómo sigue esa enfermita!

Tess miró a Abby y se llevó un dedo a los labios, indicándole que no comentara nada acerca de la conversación que habían mantenido. Visitaría al médico antes de hacer ningún comunicado oficial al respecto.

Abby asintió. Volvió la cabeza hacia la puerta justo cuando Dakota aparecía ante ellas.

—Pues seguro que ahora que te ve, está mucho mejor —respondió Abby con desparpajo.

El motero, que seguía considerando a su cuñada persona no grata, la miró de refilón.

—Tu pulpo te está esperando abajo —dijo en una llana invitación a que se largara, ignorando la mirada recriminatoria de Tess.

Abby ni siquiera reparó en el apelativo usado por Dakota, menos aún en el tono que había empleado. Brian la estaba esperando. El amor de su vida la estaba esperando. Aquello era música para sus oídos y la sonrisa que dominó su rostro, fue buena muestra de ello.

—Hasta otro rato —se despidió.

Las palabras quedaron flotando en el aire después de que Abby, feliz como unas castañuelas, abandonara la estancia.

A Dylan le resultó evidente que algo no iba bien. Y no solo porque aquella carita risueña hubiera adquirido seriedad instantánea, también cierta tensión. La conversación telefónica había sido breve y tras garabatear algo sobre una servilleta, vio que Andy exhalaba un suspiro.

—Me tengo que ir —dijo la camarera en lo que fue más un pensamiento en voz alta que un comentario. Pronto se puso en marcha sin darle tiempo al irlandés a decir nada.

Se dirigió hacia el otro extremo de la barra donde Evel conversaba con su novia y un grupo de moteros que se habían ido acercando con el único propósito de no dejarlos a solas.

Dylan siguió a Andy con la mirada. Era raro verla tan seria. Intentó prestar atención a la conversación de la camarera con Evel, pero había mucho ruido y no se estaba enterando de nada, de modo que cogió su pinta y se encaminó al extremo de la barra. A medida que se fue acercando, las cosas empezaron a tener sentido.

—No digas bobadas, Andy. ¿Vas a lidiar tu sola con alguien que es más grande que tú?

—Ya me las apañaré, no te preocupes. Bastante malo es que tenga que irme y dejarte con uno menos detrás de la barra justamente hoy...

—De eso, nada —dijo el socio capitalista del MidWay. Se volvió dispuesto a ir a por sus cosas—. Te acompaño y no se hable más.

—Que no. No me pongas las cosas más difíciles, Evel, por favor —se quejó Andy, y echó un vistazo al reloj—. Tengo que irme. Ya te contaré.

—¿Ir adónde? —preguntó Dylan.

Andy hizo un gesto ambiguo con la mano. No tenía tiempo para explicaciones. Se alejó a por sus cosas a la pequeña habitación que sus jefes usaban a modo de oficina. Dylan, un tanto sorprendido, dirigió su mirada hacia Evel.

—¿Qué pasa?

—Su hermano pequeño. Lo han encontrado en un portal, durmiendo la mona y al ver que era tan joven, un vecino se apiadó de él. Lo hizo entrar en su casa y probó suerte con el número de su móvil que tenía más intercambios de llamadas... ¿Cómo se las va a arreglar sola? El chaval le saca dos cabezas... —dijo Evel contrariado.

—Tranquilo, no irá sola. Yo me ocupo. —Dylan dejó la cerveza sobre la barra, junto a un billete de cinco libras.

—No te va a dejar que la acompañes, ya la has oído.

Dylan respondió con la simplicidad que lo caracterizaba; encogiéndose de hombros. A continuación, se encaminó hacia la salida.

Cuando Andy llegó a la calle, Dylan estaba de pie junto a su moto como quien espera en la parada del autobús. Era evidente lo que hacía. La camarera soltó un bufido.

—Odio cuando os ponéis sobreprotectores conmigo. Ni lo necesito ni me gusta.

—¿Y? —fue la respuesta de Dylan, tan intrascendente como el tono con que la había dicho.

Andy siguió camino hasta donde estaba aparcada su moto. No tenía tiempo que perder, y menos discutiendo con alguien que se caracterizaba por hacer siempre lo que le daba la gana.

Dylan asintió.

—Eso está mucho mejor —comentó en un tono lo bastante alto para que ella lo oyera.

Andy respondió con un mohín irónico que pronto quedó oculto por el casco. Montó en su moto y se puso en marcha, seguida a corta distancia por Dylan.

Llevaban conduciendo diez minutos cuando quedaron a la par frente a un semáforo. Ella miraba el mapa en su móvil, intentando decidir la ruta más rápida.

—¿Dónde es? —preguntó Dylan, después de levantar el visor de su casco.

Andy le entregó la servilleta donde había escrito la dirección.

Por lo visto, al hermano menor de la camarera le gustaba codearse con lo más bajo de la ciudad cuando se emborrachaba. Era uno de los peores barrios de Londres. Dylan empezaba a sospechar que no se trataba de una borrachera solamente, lo que muy probablemente quería decir que el vecino samaritano no era tal, sino algún "compañero de colocón" asustado.

—Sígueme. Conozco el lugar —dijo el irlandés.

En cuanto el semáforo les dio paso, se puso en cabeza.

La primera confirmación de que Dylan estaba en lo cierto, la tuvieron al llegar al portal en cuestión y encontrar al hermano de Andy tirado en el suelo. La segunda, sobrevino cuando la camarera tocó el timbre de la vivienda donde supuestamente habían llevado a su hermano, dispuesta a decirle cuatro cosas, y una anciana con muy malas pulgas la sacó con cajas destempladas, quejándose de que esas no eran horas de molestar.

El chaval, que Dylan calculó tendría trece o catorce años, estaba en un estado lamentable, pero, por suerte, mucho mejor de lo que él había imaginado. Aunque la vomitona que le pringaba los vaqueros y parte de la pechera de la camiseta era nauseabunda, no logró enmascarar el olor a hachís a un olfato experimentado como el suyo. El chico se había colocado en condiciones, estaba claro, pero principalmente, dormía la mona.

El motero pidió un taxi y cuando pocos minutos después llegó, se ayudó de la pared para poner al joven de pie y luego cargarlo al hombro. No solo le sacaba dos cabezas a su hermana; también pesaba veinte kilos más.

—¿Puedes...? —preguntó Andy, preocupada.

—Si no me desmaya el olor...

Andy esbozó una sonrisa tristona.

—Seguro que aguantas. Eres un tipo duro.

Dylan dejó el cuerpo desmadejado del chico en el asiento del coche.

—¿Quieres ir con él?

—No. Tendría que dejar la moto y volver a por ella más tarde, y la verdad, estoy reventada. Duerme, no me necesita.

El irlandés asintió y después de que ella le indicara el destino al taxista, los dos lo siguieron a bordo de sus respectivas motos.

Andy vivía en un tercero sin ascensor, un edificio viejísimo con un hall diminuto cuyas paredes mostraban la pintura desconchada. Cuando se detuvieron al pie de la escalera, y Dylan miró hacia arriba y vio lo que le esperaba, soltó una risotada.

—A las tías este rollo de la liberación de la mujer os ha sentado fatal —se dio la vuelta para mirarla y el cuerpo muerto que transportaba a hombros bamboleó los brazos en un gesto que aunque patético, hizo sonreír a Andy— ¿Cómo pensabas subirlo?

¿Arrastrándolo escalón por escalón? Pues que sepas que el culo le habría quedado bueno...

—Que se fastidie —fue la respuesta inesperada de Andy—. A mí me duele la vergüenza y me aguanto.

Vergüenza, ¿por qué? Era un chaval, estaba en la edad de hacer tonterías. Andy, en cambio, había sonado muy enojada, casi ofendida. Dylan decidió dejarlo estar.

—Pues no sé yo qué es peor: sobre la vergüenza no te sientas... Lo ibas a tener comiendo de pie dos semanas —añadió, riendo.

Andy sonrió de mala gana.

—Anda, calvorotas... Vamos a meter a la criaturita en la cama.

Los escalones parecían no acabar nunca y cuando al fin llegaron al rellano del tercer piso, el irlandés empezaba a quedarse sin aire. Entraron en el pequeño piso y Andy lo condujo hasta la habitación de su hermano. Dylan depositó al muchacho sobre la cama y se ocupó de quitarle las zapatillas y aflojarle la cintura de los vaqueros. Rebuscó entre sus bolsillos a ver si encontraba alguna droga, pero, aparte del móvil, solo halló unos pocos peniques. A continuación, lo cubrió con el edredón y volvió a poner su atención en Andy. Notó que ella miraba a su hermano con preocupación.

—¿Estará bien? —preguntó al ver que Dylan la miraba—. ¿No debería llamar al médico?

Dylan negó con la cabeza.

—En fin... —dijo la camarera al pasar junto al motero—. Espero que mañana esté bien.

—Mañana tendrá un dolor de cabeza de cojones. Y diarrea. Pero tranquila, que pasado ya estará mejor —apuntó el irlandés con humor.

Andy lo miró brevemente por encima del hombro, con un dejo triste.

—Y si tú lo dices será cierto. Tienes bien controlado el proceso, ¿eh?

Sí, lo tenía controlado. Al detalle. Pero lo que *no tenía* era intención de ofrecerle a aquella jovencita la menor ocasión de intentar leerle la cartilla. Dylan era demasiado mayor para permitírselo a nadie. Nuevamente, lo dejó correr.

Andy, que captó el mensaje encerrado en aquella breve pero contundente mirada de refilón del irlandés, cambió de tema de inmediato. La estaba ayudando y aunque se hubiera hecho la bravucona, la verdad era que no tenía la menor idea de cómo se las habría apañado sola con el corpachón inerte de su hermano. Seguramente, habría acabado teniendo que pedir auxilio a un vecino, incrementando su enfado y su vergüenza. ¿Quién era ella para criticarlo?

—Si no como algo ya mismo, me voy a desmayar... ¿Me acompañas? La cocina no se me da demasiado bien, pero lo que preparo se deja comer...

—Pues estás de suerte, guapa, porque a mí sí que se me da bien —dijo Dylan, ante la expresión sorprendida de Andy, al tiempo que se ponía el delantal que había descolgado de un gancho en la pared—. Siéntate y relájate un poco, que yo me ocupo.

Andy no se lo hizo repetir. Estaba molida de trabajar, y a cuenta de la borrachera de su hermano, también molida de los nervios, del mal rato que había pasado, de llevar dieciséis horas de pie.

Apartó la manta que todavía continuaba allí de la noche anterior y se echó sobre el sofá de fieltro. Lanzó un suspiro.

—¡Dios... esto es vida!

La conversación fue escasa. Dylan era uno de esos aficionados a la cocina que se metían de lleno en la tarea y preferían que no hubiera distracciones. Andy, por su parte, estaba molida y tampoco quería dar lugar a que hubiera preguntas sobre lo sucedido aquella noche o sobre su vida familiar. Era bastante desastrosa y tenía más que suficiente con vivirla como para además tenerla como tema de sobremesa. Por esta razón, la alivió comprobar que el irlandés, en sus pocos intercambios verbales, no hacía ninguna referencia al asunto.

Decidir qué hacer no fue complicado. En la nevera solo había huevos, algo de queso rallado y unas pocas verduras. Le recordó a la suya en sus épocas malas, cuando solo paraba en casa para dormir. Sabía que Andy era el sostén de la familia, que su madre estaba en

Barcelona -todos los veranos pasaba un tiempo allí, ignoraba por qué- y que el chaval había regresado para preparar los exámenes que había suspendido. Por lo visto, se trataba de un esfuerzo demasiado grande para encararlo sobrio... No era mucha información, pero unida al desorden imperante en el piso, le dio la idea de que la camarera debía sentirse desbordada por la situación y que, lógicamente, lo último que quería era tener alguien fisgando en sus asuntos. Así las cosas, Dylan se concentró en la *fritata* que cocinaba y mantuvo la boca cerrada. Fue cuando pasó al otro sector del salón separado de la cocina por una barra americana, después de acabar de cocinar, que se dio cuenta de que Andy se había quedado dormida.

Dylan cubrió la tortilla con otro plato y la guardó en la nevera. Arrancó una hoja de la pequeña libreta que encontró junto al televisor y garabateó un par de frases que luego pegó a la nevera con uno de los imanes que poblaban la puerta. Regresó al sofá y estiró la manta sobre la camarera que ni siquiera se movió. A continuación, apagó las luces y cerró la puerta procurando no hacer ruido.

En la esquina de la casa de Andy, el presidente del club de moteros *The MidWay Riders* se apeó de su moto. Había venido a esperarla. Quería interceptarla fuera del bar. Llevaba días dándole vueltas al tema y al fin había tomado una decisión.

Por lo visto, había llegado tarde. La moto de Andy estaba junto a la farola. Conor consultó la hora. Le resultaba raro que sus jefes la hubieran dejado marchar tan pronto un viernes con actuación en vivo. Dudó si marcharse y volver a intentarlo otro día, o ir a por todas y presentarse en su casa.

En aquel momento, cuando se disponía a cruzar la acera, las luces interiores del portal se encendieron y Conor no tuvo ningún problema para reconocer al hombre que abandonaba el edificio. Totalmente perplejo, lo vio ponerse el casco, montar en su Harley y alejarse calle arriba, sin atinar a hacer nada.

Era Dylan Mitchell. Le costaba creerlo, pero sí, era él.

¿Qué puñetas hacía el irlandés en casa de Andy? Fue decirlo en voz alta y hacerse la luz, y con la comprensión llegó la furia.

¿Qué otra cosa podía estar haciendo sino intentar llevársela al huerto? Era lo que hacía con todo bicho viviente que vistiera faldas; follárselas y luego dejarlas. Al tipo le daba igual si, esta vez, la falda en cuestión trabajaba para su mejor amigo, o saber que él estaba colado por ella, o el daño que pudiera hacer. Andy era una cría, le sacaba por lo menos quince años, pero eso al muy cabrón le daba igual.

Conor regresó junto a su moto. Se sentía como un soberano estúpido, burlado a dos bandas; por ella y por él.

Y, desde luego, no pensaba quedarse de brazos cruzados.

Eran cerca de las dos de la madrugada cuando Evel aparcó su Perla Azul frente a la casa de Abby y hacía un rato que había empezado a llover. La lluvia los había obligado a detenerse a mitad de camino para hacer uso de las prendas impermeables que llevaba en las alforjas.

Atravesaron el jardín de los Gibb a la carrera, tomados de la mano, en busca del mínimo cobijo que proporcionaba el alero del zaguán.

Como siempre, el farolillo exterior estaba encendido esperando a que el último en llegar lo apagara. Aunque desde fuera no se veía, los dos sabían que la luz del recibidor también permanecía encendida y que, con toda seguridad, Amelia Gibb dormía con un ojo abierto.

—Ya estamos a resguardo así que puedo quitarme esta cosa *enooorme*—comentó Abby, bajando la cremallera de una capa en la que entraban dos personas de su tamaño y aún sobraba. Todavía le castañeteaban los dientes, pero su sentido de la coquetería era más fuerte.

Evel le apartó las manos y, de paso, metió las suyas por debajo de la capa. Le rodeó la cintura, aproximándola a su propio cuerpo.

—Suerte que me tienes a mí, siempre dispuesto a abrigarte, que si no eres capaz de morirte de frío con tal de que te vean perfecta.

¿Todavía no te has enterado de que para mí siempre estás impresionante? —la miró a los ojos—. *Eres* perfecta.

Abby lo apartó un poco, se quitó la prenda extra grande y la dejó sobre la barandilla. A continuación, regresó a su refugio favorito -entre los brazos de Evel- y se acurrucó contra él.

—Quizás solamente es un truco que siempre me funciona, ¿no lo has pensado? —murmuró juguetona.

—¿Ah sí? ¿De qué hablas, linda?

Evel buscó su mirada, interesado. Abby enterró la frente en el pecho del motero, riendo.

—No puedo creer que no te hayas dado cuenta... —alzó la vista, sonriendo—. Tú eres el hombre más galante del mundo y yo...

Él estrechó el cerco de sus brazos en torno a la cintura femenina y siguió extasiado cada gesto de aquel rostro precioso.

—Tú ¿qué? —la animó.

—Yo soy una gatita mimosa. Tú —replicó, tocando suavemente el pecho masculino con un dedo— me has convertido en una.

Los dos se estremecieron.

—¿Eso he hecho?

Abby asintió varias veces con la cabeza.

—Me encanta que estés permanentemente atento a mí, a lo que siento, a lo que me apetece o necesito... Es como si me acariciaras sin tocarme. Y sé que en cuanto me veas hacer el menor gesto de frío, un segundo después vendrán tus brazos, y entonces, será tu piel la que me acaricie. Y tu intención, amplificando el efecto un millón de veces y haciéndome sentir la persona más querida del mundo... No es solo coquetería, Brian; es "mimosidad" —admitió con los ojos iluminados de amor.

¿En serio?, pensó Evel. Un placer inédito le recorrió el cuerpo. Su chica era una mujer arisca. La había conocido en el zenit de su época de desconfianza y había presenciado sus reacciones con el sexo opuesto. No le iba la insistencia, ni el flirteo fácil, y siempre se mostraba recelosa cuando el interlocutor era un hombre. Evel era muy observador, cierto, y desde el primer momento se había dado cuenta de que si quería tener algo con ella, y vive Dios que quería, necesitaba abordar el asunto de manera diferente. Ganarse su confianza no había resultado sencillo; despertar su interés, menos aún. Hacer que deseara tenerlo cerca, que anhelara sus caricias y haber logrado que Abby, a su manera, lo admitiera... Eso le parecía un sueño. Su vanidad de hombre estaba pletórica y, por una vez, no iba a hacer el menor esfuerzo por disimularlo.

Se dobló sobre ella, y empezó a recorrerle el cuello con los labios, enredando besos y palabras. Ella ladeó la cabeza en dirección opuesta dejando vía libre a las caricias masculinas.

—Me encanta cómo te ablandas cuando te das cuenta de que estoy pendiente de ti, porque me encanta estar pendiente de ti y que te des cuenta de que lo estoy —murmuró el motero—. ¿Y sabes por qué me encanta?

—No...

—Porque sé que estás deseando mis atenciones, y que un segundo después, estás deseando que te abrace, que te toque —sus labios rozaron los labios femeninos que instantáneamente se abrieron, en un sutil invitación a más—. Me vuelve loco saber que de todos los hombres del mundo que se mueren por tus huesos, yo soy el único por el que tú te mueres. El único que puede tocarte. El único que puede hacerte el amor —sus miradas ardientes se encontraron—. No es solo galantería, es una necesidad imperiosa de ti.

Todo ocurrió en un segundo, o quizás fueron dos. Ella le rodeó el cuello con los brazos, él la elevó un metro del suelo. Las piernas femeninas se cerraron en torno a la cintura del motero y él le hundió la lengua en la boca. La pareja se sumergió en su propio universo sin tener en cuenta dónde estaban, ni que una luz exponía su momento apasionado a quien circulara por el vecindario en aquel momento.

No existía nada más que ellos y la pasión que los encendía.

—Apóyame contra la pared —la voz de Abby sonó a orden y a ruego al mismo tiempo.

Evel obedeció de inmediato. Ella acomodó la espalda contra el muro, y él modificó su postura para adecuarla a lo que sabía perfectamente que Abby quería. Y se lo dio. La tomó por las nalgas y acomodó mejor las piernas femeninas en torno a su cintura de forma de hacerle sentir su erección donde ella quería sentirla. Abby inspiró hondo.

—No suspires —exigió él.

—¿O qué?

Volvieron a enredarse en un beso incendiario, cada vez más rendidos al momento.

—¿O qué? —insistió ella, en un susurro.

Él la embistió con dureza una vez y ella gimió de placer. Se sentía como una gata en celo así que podía entender que al motero se le fuera la cabeza. Sin embargo, no fue ella sino él quien lo puso en palabras. Diciendo exactamente lo que Abby sentía.

—Diez minutos no es bastante. No es bastante —volvió a hundirle la lengua en la boca—. Los días se me hacen eternos sin ti y las noches, un suplicio...

—Sí... Tenemos que buscar la forma de estar más tiempo juntos —besó sus labios una y otra vez—. Este fin de semana lo hablamos, ¿vale?

Evel volvió a embestirla haciéndola gemir otra vez.

—No creo que entre polvo y polvo nos de tiempo —murmuró él en un ataque de pasión que ahora le arrancó no solo un suspiro a Abby, sino una sucesión de ellos—. Porque te aseguro que pienso ponerme la botas —su lengua recorrió el *nostril*[1] de Abby, insinuante —, pero del lunes no pasa. Quiero más tiempo contigo, más de ti... Todos los días.

—¿A qué hora llegarás a la feria?

—Al mediodía. En cuanto cierre, salgo pitando. Van a ser los cien kilómetros más veloces de toda mi vida... —exhaló un suspiro y la estrechó mas fuerte—. ¿Y tú, a qué hora has quedado en casa de Amy?

—A las siete.

—Te vengo a buscar a menos cuarto y te llevo.

Abby se acurrucó más contra Evel, que volvió a embestirla apasionadamente. Ella suspiró, cerró los párpados dejando que aquella locura la envolviera.

—No. Suspires —fue la reacción inmediata del motero.

—¿Te vas a dar el madrugón por estar quince minutos conmigo? Cómo no voy a suspirar, si eres el tipo más alucinante del mundo...

---

[1] *Nostril*: se denomina así al tipo de piercing que se pone en la nariz.

—Y por solamente un minuto, también —susurró Evel, buscándola cada vez más apasionadamente.

Tan rendida al hechizo masculino estaba Abby que ni siquiera abrió los ojos cuando dijo:

—*Diossssss, por favorrrrrrrrr...* que ganas de que sea mañana para poder tenerte solo para mí...

El corazón de Evel, que ya latía a destajo, de pronto, se detuvo. Instintivamente, inhaló en una respiración profunda como si le fuera la vida en ello.

—Ya es mañana —dijo él ardiendo de deseo—. Si apagas el farol y te quedas calladita... —no completó la frase.

Volvió a dejarla en el suelo y Abby rebuscó en su bolso hasta que encontró las llaves. Estaba temblando entera y los primeros intentos de acertar con la cerradura fueron fallidos. Con el tercero, la llave entró hasta el fondo. La hizo girar con cuidado de no hacer ruido, pero ni siquiera llegó a abrir la puerta que volvió a encontrarse entre los brazos de Evel. Él se pegó a ella sin pudor, buscándola, lamiéndola, apretándole los pechos, su bulto palpitante pegado a su trasero, insinuándose. Loco de deseo.

Y Abby volvió a rendirse a él sin oponer la menor resistencia. Tan loca de deseo como Evel.

Fue el motero quien, al fin, introdujo una mano por la rendija de la puerta y tanteando, logró dar con el interruptor que apagó la luz, dejándolos a oscuras y a merced de su pasión, cada vez más desatada.

Sin dejar de devorarse mutuamente, Abby abrió la bragueta, liberando su miembro que empuñó y frotó a placer. Él le subió el vestido hasta la cintura de un solo movimiento, y sus manos se regodearon en la desnudez total de sus nalgas. Abby solía usar *culottes*, siempre de encaje y siempre de infarto. Encontró raro y excitante lo que vestía hoy.

—Un tanga... Mmm, casi estoy por volver a dar la luz —dijo él sobre los labios femeninos. Su voz sonó completamente alterada por el deseo.

Abby sonrió complacida. Se dio la vuelta y apoyó su espalda contra pecho del motero. Él, solícito, se adaptó a su altura. Los dos suspiraron cuando Evel pegó su miembro a las nalgas femeninas.

—Era una prueba —dijo—. Ahora, que sé que te gusta...

Evel exhaló en un suspiro junto a la oreja de Abby, quemándola entera. Acto seguido, la hizo girar de frente a él. Avanzó hasta ponerle un muslo entre las piernas, y permaneció allí, moviéndolo hacia adelante y hacia atrás cada vez con más firmeza.

—*Diossss*, me tienes a punto de caramelo... —murmuró él en un arrebato. Evel volvió a adecuarse a la altura de Abby, y esta vez lo que la rozó no fue su muslo—. Era un crío inconsciente la única vez en mi vida que hice esto... Debía tener catorce o quince.

Los dos temblaron de deseo al sentirse tan próximos, tan íntimamente próximos y al mismo tiempo, aguantando el momento, disfrutando de la anticipación y de la escasa contención que aún tenían.

—Esto, ¿qué? —buscó la mirada del motero.

Los ojos de Evel brillaron de deseo.

—Montármelo en un zaguán oscuro. No suena nada a mí, ¿a que no? —Tragó saliva. El corazón latía a destajo en su interior. Aunque aquello no hubiera sonado nada a él, aunque fuera una total y absoluta inconsciencia, era lo que sentía. Se preguntó si Abby también lo seguiría en esta nueva huída hacia adelante como había hecho hasta ahora. Todo dependía de ella.

Los siguientes instantes fueron una auténtica locura para Evel. La propia inercia de los acontecimientos lo impulsaba a más con una fuerza inusitada mientras el profundo amor que sentía por Abby lo amarraba fuerte, reteniéndolo. Conteniéndolo, como si su vida entera dependiera de eso.

—Otra cosa en la que serás el primero. Y el mejor —susurró Abby, al fin.

Evel soltó el aire que sin darse cuenta contenía. La abrazó con todas sus fuerzas. Sentía como si el corazón estuviera a punto de saltar fuera de su pecho.

—Me aseguraré de que quieras repetir —murmuró. Todo su cuerpo expresó la pasión que lo embargaba.

Abby acusó recibo deslizando una mano entre las piernas masculinas y acariciando sus testículos posesivamente.

—No tengo dudas de que lo harás.

Sin embargo, no sería entonces ni en aquel zaguán oscuro donde lo harían. Los dos lo tuvieron claro cuando la luz del salón iluminó el parterre de perennes y oyeron la voz de Amelia Gibb que decía:

"Abby envía a ese motero a su casa y entra, que está diluviando".

ENTRE-HISTORIAS 4

Sábado 22 de agosto de 2009.
Festival Nacional de Pintura Corporal.
Mersham, Kent.

En cuanto Abby oyó la señal de que había recibido un mensaje, se apresuró a dejar el pincel sobre la pequeña mesa de trabajo y tomó el móvil que estaba allí, como si fuera tan importante como los botes de pintura. Vio de refilón que Amy soltaba un nuevo bufido al tiempo que ponía los ojos en blanco. Por descontado, le ignoró.

Una enorme sonrisa enamorada iluminó su rostro cuando leyó: "¿Mucha gente mirándote?"

Aquello era un mundo de gente y el clima, además, se estaba portando muy bien. El espacio que le habían asignado los organizadores para preparar su diseño había empezado a llenarse en cuanto la megafonía anunció su nombre como una de las artistas revelación invitadas. Lo cual no evitaba en absoluto que ella siguiera más atenta a su móvil y a los mensajes que le enviaba Evel que al diseño.

"Bastante"—tecleó con una sonrisa pícara, y unos segundos después, añadió—: "pero la miran a Amy, no a mí :)"

Abby consiguió el efecto que se proponía. A cien kilómetros del predio ferial, Evel soltó una carcajada que despertó comentarios y alguna que otra mirada recriminatoria por parte de su jefe de taller, y que, al igual que había hecho Abby, ignoró completamente. Estaba loco por una mujer, el sentimiento era mutuo, y todo lo demás le daba igual. Tecleó:

"Menos mal que no eres de chocolate que si no..."

Aunque apenas habían transcurrido un par de segundos, la pausa había resultado demasiado larga para la ansiedad de Abby, que se adelantó al motero:

"Si no ¿qué?"

Evel chasqueó la lengua de puro gusto.

"Me quedaría con un hambre tremendo" —tecleó.

Abby suspiró. De pronto, todo cuanto la rodeaba se había evaporado y solo existía él y el mundo de sensaciones que conseguía invocar con un puñado de palabras a través de una mensajería móvil. Le resultaba alucinante, increíble, el inmenso poder de abstracción que Evel ejercía sobre ella. La halagaba, la enamoraba y la excitaba como nadie. La respuesta surgió clara en su mente al instante, pero titubeó. Era novata en amores y mucho más aún en aquella forma de comunicación. Estaba bien ser pudorosa, pensó, y mirar bien dónde pisaba... Todo eso estaba bien. Pero él recorría cada día la milla extra por ella. Si alguien en el universo se lo merecía todo, era Evel.

"Tranquilo, motero. Mi chocolate solo te lo comes tú".

Sintió que sus mejillas se abrasaban, que el fuego que ardía en su interior se entremezclaba con aquel falso pudor que le jugaba desde siempre tan malas pasadas y respiró hondo intentando recomponerse. Sus ojos no se apartaron del móvil, ansiosos por saber cómo reaccionaba él.

La respuesta, no obstante, demoró en llegar.

Cuando aquel tremendo escalofrío le recorrió la espina dorsal poniéndolo todo en pie de guerra, Evel dio media vuelta y enfiló para los vestuarios sin mirar a nadie. Pensar en Abby siempre era una experiencia intensa. Lo que sentía por ella era lo más intenso que había experimentado jamás. Desde que estaban juntos, él la había guiado con suavidad y mucho cuidado a explorar otros territorios sensuales porque lo necesitaba. La compenetración y la sintonía que existía entre los dos era increíble y Evel lo necesitaba. De alguna forma, intuía que ella también. Descubrir que era así, comprobar que Abby se mostraba receptiva, era por sí solo suficiente para tenerlo flotando entre nubes. Ahora, por primera vez, Abby estaba siendo directa, y el efecto resultaba devastador.

Evel entró en el vestuario, echó el cerrojo y se apoyó contra la puerta. Volvió a leer el mensaje y apretó los párpados al sentir que un nuevo escalofrío lo recorría a sus anchas. Al fin, respiró hondo y se dispuso a responder.

"Llego a la una y voy directo a por tu chocolate. Te prometo que no vas a querer que pare".

Fue como sin un relámpago de deseo atravesara a Abby de la cabeza a los pies, dejándola inmóvil, soñando con paraísos húmedos, solo consciente de la marea que subía imparable en su interior.

Entonces, alguien le arrancó el móvil de las manos, devolviéndola al planeta Tierra enfadada y abochornada.

—¡Joder, me tienes medio desnuda y muriéndome de frío mientras tú te das el lote telefónico con tu caballero andante...! ¡Ya está bien, que una no es de piedra! —se quejó Amy, y acto seguido tecleó:

"Eveeeeeeeel!!!!! Mieeeeerdaaaaaaaa!!!! Se me está helando el culo por tu culpa!!! ¡¡¡¡DEJA QUE ME PINTEEEEEEEEE!!!"

Y para asegurarse de que ya no habría más interrupciones telefónicas, Amy se quedó con el móvil.

—¿Lo quieres? —le dijo a su amiga desafiante, señalándola con un dedo—. Entonces, píntame.

Abby se limitó a mirarla con una ceja ominosamente alzada. Puede que no fuera a devolverle el móvil hasta que acabara de pintarla, pero el pincel lo seguía teniendo ella. Si no quería acabar con una margarita sobre los pezones, más le valía no hacer tonterías.

—Y tú, *¿qué* quieres? —respondió Abby enseñándole el pincel.

Amy soltó un gruñido. Apagó el móvil y lo depositó sobre la mesa de trabajo de la artista, equidistante de los dos.

—Eso está mucho mejor —concedió Abby. Y en cuanto volvió a poner su atención en la pintura, su amiga le hizo burlas en silencio.

En el vestuario, Evel se cubrió la boca, alucinado. ¿El bomboncito se había dedicado a intercambiar mensajes explícitos con él en pleno stand, dejando a su modelo a medio pintar?

Como dijera Dakota; jo-der.

La Perla Azul devoró los kilómetros que separan Londres de Mersham. Evel estaba ansioso por empezar a disfrutar del primer fin de semana que pasarían en pareja. Le encantaba la idea de ver sus cosas en el baño, la maleta con su ropa en el armario, y saber que podía despertarse en plena noche, volver la cara y verla durmiendo junto a él...

Con pensamientos tan agradables en la cabeza, no le extrañó en absoluto haber batido el récord sobre dos ruedas para esa distancia. Tampoco le resultó nada extraño a Amy, cuando lo vio dirigirse hacia ellas, atravesando la marea de visitantes de la feria con aquellos modos gentiles que lo distinguían a distancia.

Abby sí que se sorprendió. Miró su reloj de muñeca y volvió a alzar la vista con la ilusión pintada en la cara; faltaban veinte minutos para la una y él ya estaba allí. Su reacción no se hizo esperar. Se disculpó torpemente por interrumpir la conversación que mantenía con una empresaria interesada en su trabajo, y salió a prisa del stand. Se las ingenió para avanzar entre la gente y cuando llegó frente al motero, directamente, le echó los brazos alrededor del cuello.

—Ya estás aquí. Qué bien —le dijo al oído mientras Evel, tan ilusionado como ella, la elevaba a un metro del suelo.

—Ya estoy aquí —replicó él buscando su mirada con picardía—. ¿Tengo que esperar hasta la una...?

Abby rió bajito.

—Eres un demonio, motero.

—Y después de ese mensaje, mucho más... —volvió a buscar su mirada—. ¿Qué, comemos chocolate?

Abby ignoró el calor que sentía reptar por sus mejillas y volvió la cabeza para mirar qué sucedía en el stand. Amy exhibía su impactante mariposa Morpho azul con el desparpajo habitual y repartía las tarjetas y folletos informativos acerca de la creadora del diseño que decoraba su cuerpo. Estaba en su salsa. Definitivamente, podía apañársela sin la artista durante un rato, y ella tenía planes mucho más estimulantes en mente. Volvió a mirar a Evel y le regaló una sonrisa cómplice.

—¿Cuánto puedes comer en veinte minutos?

—Habrá que verlo —respondió el motero. Su expresión de demonio fue tal que Abby sonrió complacida. Había promesas salvajes en esa expresión, que estaba más que deseosa de vivir en primera persona.

—El hotel no queda tan cerca, motero...

Evel la devolvió al suelo sin dejar de comérsela con los ojos.

—No vamos al hotel —respondió, tomándola de una mano.

A las cuatro palabras que pronunció en un tono que le puso a Abby el vello de punta, siguió un ligero movimiento de las cejas.

Ella tan solo pudo hacer lo que hizo; suspirar.

En efecto, Abby y Evel no fueron al hotel. En realidad, apenas habían logrado alejarse unos cuantos metros cuando vieron a Brandon Baxter, acompañado de su séquito habitual, dirigiéndose hacia ellos.

—¿Viene a por nosotros? —farfulló Evel entre dientes.

Su tono de voz sonó tan cargado de frustración que Abby tuvo que pelearse con los músculos de su cara para mantener a raya la sonrisa.

—No lo creo... Ya estuve con él antes —lo animó y *se animó*. Llevaba toda la mañana desesperada por volver a ver a su chico. Ahora, no quería interrupciones ni contratiempos.

Un minuto más tarde, el tatuador continuaba acercándose sin cambiar el rumbo. Evel soltó un suspiro.

—*Viene a por nosotros* —afirmó con creciente desesperación —. Mierda. Me va a dar un infarto...

Abby le frotó el brazo cariñosamente.

—Te compensaré, Brian. Tenemos todo el fin de semana, ¿recuerdas?

Intercambiaron miradas y Evel se inclinó a besarle la coronilla. Le encantaba que intentara consolarlo y le provocaba un terrible subidón pensar que intentaría compensarlo, pero la verdad era que si entendiera la clase de necesidad imperativa que a él lo tenía tenso como la cuerda de un violín, si entendiera la naturaleza de esa necesidad... También le daría un infarto.

O querría matar al tatuador solo con pensar en lo que se estaba perdiendo por su culpa.

—¡Hombre, ¿qué tal?! Hacía siglos que no te veía... —se adelantó el motero, intentando ponerle al mal tiempo buena cara.

—¿Qué tal sigues tú? Se te ve en forma. Está claro que te tratan muy bien —replicó el tatuador guiñándole un ojo a Abby, guiño del que ella no se percató porque estaba totalmente pendiente de Evel, lo cual provocó un comentario mordaz—: Chico, porque lo estoy viendo, que si no... ¿Quién habría dicho que la tigresa que por poco me tatúa la cara de un zarpazo cuando me acerqué a ofrecerle trabajo es la misma que te come con los ojos?

Evel esbozó una sonrisa de hombre feliz. Abby, en cambio, miró de refilón a B.B.Cox, dejándole claro a Evel que era perfectamente consciente de lo que se estaba perdiendo y que, desde luego, tenía muchísimas ganas de cargarse al tatuador.

—Todavía puedo hacerlo, así que, abreviemos... Dime, ¿qué se te ofrece, querido *BB*?

—¿Por qué tengo la impresión de que he llegado en un mal momento? —dijo el tatuador con guasa—. Adelantaos, por favor — añadió, dirigiéndose en general a quienes lo acompañaban, y en particular, a su asistente.

Sin embargo, nadie hizo el menor ademán de ponerse en movimiento. Abby bajó la cabeza para que no se notara que estaba sonriendo. No era la primera escena de esa clase que presenciaba en las últimas semanas y conocía, de primera mano además, la razón que traía de cabeza a un tipo tan impaciente y maniático de la eficiencia como B.B.Cox.

El treintañero miró a su asistente que parecía absorta en el móvil donde sus dedos tecleaban con rapidez.

—Chrissy —la joven alzó la vista sorprendida—. Adelantaos, que necesito hablar con esta pareja. Y, por favor, avísale a Jade que en quince minutos estaré preparado para empezar.

La joven gótica se apresuró a obedecer y la comitiva se alejó bajo la mirada a todas luces molesta del tatuador. Al fin, B.B.Cox volvió a concentrarse en la pareja.

—Se casa en dos semanas y lleva dos meses en Babia. Creo que mi próximo asistente será hombre —comentó el tatuador en lo que sonó más a una reflexión en voz alta que una disculpa.

—¿Lo deja? —preguntó Abby, sorprendida. Chrissy no había perdido ocasión de hablar de su boda a todo el que quisiera escuchar -no solo a ella-, pero no había mencionado nada de que pensara dejar su trabajo.

El tatuador asintió.

—Se van a vivir a Edimburgo. Por suerte. No creo que pudiera soportar su Limbo post-boda, con el "pre" he tenido más que suficiente —echó un vistazo a la hora—. Bueno, a ver, parejita... Todos los veranos doy una fiesta en casa... Bueno, es la excusa para dedicar tiempo a mi afición por los coches y reunir a gente del gremio. Este año, pienso alardear de mi soberbio Jaguar y la hermosa hembra de jaguar que lleva pintada en el morro, y me gustaría contar con la presencia de sus creadores... Un fin de semana codeándoos con lo más granado de los coleccionistas de coches singulares del mundo... ¿Qué os parece?

La ocasión perfecta, servida en bandeja, de conseguir nuevos proyectos en los que trabajar juntos. Evel miró a Abby y su emoción salió disparada hacia la estratosfera al ver cómo se iluminaban sus ojos cuando ella, como si se hubieran puesto de acuerdo, también buscó la aprobación en su mirada. Los dos se dieron cuenta de que sentían lo mismo y fue Evel quien, tras darle un apretón cariñoso a la mano femenina que aún sostenía en la suya, dijo:

—Que es una invitación muy tentadora, ¿no, Abby?

Ella no ocultó lo ilusionada que estaba. Llevaba días dándole vueltas al tema de cómo volver a trabajar juntos. Eso era lo que realmente deseaba y lo que jamás se habría imaginado era que la ocasión perfecta la ofrecería aquel tipo maquillado como una *drag*. Tenía ganas de plantarle dos besos.

—¡Sí, suena genial! Nos encantaría ir... —miró a Evel con los ojos iluminados—, ¿no?

El motero se inclinó a besarle la coronilla a lo que Abby respondió dedicándole una mirada capaz de derretir el Ártico.

B.B.Cox se rascó una ceja, un tanto incómodo. ¿Qué le sucedía a todo el mundo? Últimamente, estaba rodeado de enamorados en la cúspide de su tontuna amorosa. Tanto amor empezaba a ponerle de mal humor.

—Cuenta con nosotros, Brandon —confirmó Evel más feliz que unas pascuas.

—Perfecto. A ver si consigo que mi enamorada asistente se acuerde de enviar las invitaciones a tiempo. Por si no fuera así, reservadme el último fin de semana de septiembre, ¿de acuerdo? Y ahora me marcho.

"¡BBCox, al fin te encuentro!", exclamó una voz que ni Abby ni el tatuador tuvieron problema en reconocer. Ambos se volvieron al mismo tiempo a mirar a Jade Harrington, la directora de la Escuela de Maquillaje Corporal.

—A ti también te estaba buscando, Abby —añadió la hiperactiva mujer tomando del brazo al tatuador y a Abby—. Ya han llegado los belgas.

Se refería a los representantes de la organización responsable del festival mundial de arte corporal que cada año se celebraba en Austria.

—Ah, ya están aquí... Bien, vamos, entonces —dijo B.B.Cox. Palmeó el hombro de Evel a modo de despedida—. Nos hablamos, ¿de acuerdo?

El motero asintió aunque en aquel momento estaba más interesado en saber qué nueva interrupción se cernía sobre ellos que en otra cosa.

Abby no tenía la menor idea de quiénes eran "los belgas". Tampoco tenía el menor interés por averiguarlo. Lo único que le interesaba era el motero de la minicresta perfecta que estaba a su lado, y cómo conseguir disfrutar de quince minutos a solas con él.

—Iba a tomar un tentempié. No he desayunado y empiezo a ver visiones —explicó Abby, liberando su brazo de Jade—. En diez minutos soy toda tuya, pero ahora necesito comer algo.

Evel no dudó en secundar la moción.

—Si solo tienes diez minutos, mejor que nos demos prisa. —Tiró suavemente de la mano de Abby en un intento de largarse de allí cuanto antes.

—¿Vas a hacer esperar a los que cortan el bacalao en el festival de arte corporal más importante del mundo? No puedes estar hablando en serio... Han oído hablar de ti y quieren conocerte, Abby. Tu tentempié tendrá que esperar —sentenció la directora, consternada.

Abby miró a Evel con la frustración pintada en la cara y aunque no le fue de gran consuelo, le gustó comprobar que la del motero era tan grande como la suya.

Una cosa había llevado a la otra y al final se habían hecho más de las tres de la tarde cuando Evel y Abby consiguieron al fin escabullirse del mundo. Había apenas una hora por delante antes de que Abby tuviera que regresar para el siguiente tramo del show, consistente en una composición grupal en la que tomaría parte junto con otros cuatro artistas corporales.

Evel tenía claro que Abby necesitaba alimentarse de algo más que de amor. Tanto como que no podía dejar de hacer extensiva la invitación a Amy. Su naturaleza galante jamás se lo habría permitido. Por suerte, la modelo había declinado diciendo que prefería descansar un poco antes de la siguiente sesión.

Para sorpresa de Abby, Evel no se dirigió hacia la improvisada cafetería-restaurante del recinto, ni siquiera hacia alguno de los varios puestos ambulantes de comida preparada, sino hacia el exterior, donde estaba la Perla Azul. La pareja puso rumbo a un pueblecito situado a pocos kilómetros. Evel aparcó directamente enfrente de una pequeña cafetería y Abby miró alrededor con expresión divertida.

—¿Qué te traes entre manos, demonio mío?

Evel sonrió con resignación. Si ella supiera lo que le apetecía tener entre sus manos en aquel preciso instante... Especialmente, después de oírla llamarlo "demonio mío".

—Alimentarte —respondió, y al ver su sonrisa pícara, meneó la cabeza—. No me tientes, linda, que estoy intentando ser bueno. Me refiero a comida de verdad.

La expresión de Abby pasó de la picardía a la ternura en un instante, y de ahí, al embeleso en un nanosegundo. Le echó los brazos alrededor de la cintura y se acurrucó contra él en un ataque de amor que derritió al motero. Evel también la abrazó y empezó a llover pequeños besos sobre su coronilla, tan entregado al momento como ella.

Entonces, Abby habló y lo que dijo le salió del alma:

—No quiero estar aquí. No quiero, no quiero, no quiero...

Él se apartó un poco para mirarla.

—¿Quieres que te lleve a otra parte? Maidstone no está lejos, allí habrá más variedad para elegir.

Abby negó con la cabeza. En buena hora se le había dado por hablar del tema. Dos segundos después de su ataque de espontaneidad, ya se estaba arrepintiendo.

—Un tentempié aquí me parece perfecto. No me hagas caso... Venga, entremos.

Evel la detuvo suavemente y Abby se volvió a regañadientes.

—Dime qué pasa, linda.

—Me gusta mi trabajo. Me gusta pintar. Pero todo esto... No sé, se está haciendo demasiado complicado. —Abby se apartó el cabello de los hombros en un gesto de ánimo que Evel conocía muy bien—. Jade me ha dicho que los tipos están interesados en llevarme al festival, que hablarán conmigo mañana para explicarme su proyecto... ¿En serio? ¿Faltan meses, y ya quieren empezar a liarme con bocetos y montajes? —soltó un suspiro y lo miró contrariada—. Y encima es una semana entera en Austria.

Evel procuró evitar que se notara que él también estaba contrariado. Una semana era mucho tiempo para desentenderse del taller y del MidWay, y la sola idea de estar sin ella toda una semana lo desesperaba. Eso sin contar que si querían empezar a coordinar las cosas con Abby tan pronto, era porque se traían un proyecto importante entre manos, lo cual implicaría conversaciones y reuniones previas. O sea, viajes y tiempo. Pero era su futuro profesional, la amaba, y solo había una opción.

—¡Eso es genial, linda! —tomó su mano y depositó un beso sobre ella—. Si necesitas quien te limpie los pinceles me apunto encantado, ya lo sabes...

—Tú no puedes esfumarte del taller una semana sin más. Y suponiendo que pudieras... —volvió a respirar hondo y lo miró a los ojos—. Vale, a ver cómo te digo esto sin que corras a complacerme como haces siempre...

Evel hizo una mueca con la boca, que bien podría hacer sido el típico "morrito", pero que acompañado de las palabras que pronunció le dieron un sentido completamente distinto al conjunto.

—Pues, entonces, no me lo digas.

—Brian... —se quejó Abby.

Él no la dejó continuar.

—Acepta los regalos que te hace la vida, linda. Tienes talento, eres una luchadora y te mereces que las cosas te vayan así de bien —le rodeó la cintura con sus brazos—. Te prometo que ya me las arreglaré para estar allí, contigo. Lo digo en serio.

Abby se liberó del abrazo de Evel y se apartó ante su mirada sorprendida.

—Llevo días dándole vueltas a cómo decirte esto y me parece que va a tener que ser directamente, sin rodeos. Harías cualquier cosa por complacerme y ya que así son las cosas, te diré lo que quiero de verdad... Lo único que me gustaría que tuvieras en cuenta es que solo lo quiero si tú también lo quieres. Es muy importante, ¿vale, Brian?

Evel asintió sin atreverse a pensar en qué vendría después.

—Tú y yo formamos un buen equipo. Sentimientos aparte, nos compenetramos bien y hacemos maravillas juntos. Hagámoslas, Brian. Eso es lo que quiero de verdad —lo miró con dulzura—. ¿Qué opinas?

Él soltó una carcajada y a continuación se restregó la cara en un gesto de tal incredulidad que Abby dudó de si acababa de decir la mayor estupidez del mundo. Permaneció mirándolo en silencio, presa de la ansiedad y de la duda.

—Que estoy loco por ti, eso opino —tomó el rostro de Abby entre sus manos—. Yo también llevo tiempo dándole vueltas al tema. La semana que viene empiezo a construir el customizado... —los ojos de Abby se iluminaron cuando una gran sonrisa dominó su rostro—. Sí, me ha tomado casi un mes tenerlo todo a punto, pero ya han llegado las piezas que he mandado hacer a medida... —hizo una pausa para reunir el valor de soltar lo que llevaba meses deseando hacer— y la idea era proponerte que te ocuparas del grafismo. Es el primer paso para empezar a fabricar nuestros propios customizados. El siguiente es presentarlo en ferias, organizar exposiciones... Creo que tendría muy buena salida —se inclinó a besarle los labios—. Me encantaría que trabajáramos juntos.

—¡Ay, Dios, qué peso me has quitado de encima! —exclamó Abby—. Me muero por volver al taller... Sí, por favor, hagámoslo, Brian... —sonrió con picardía—. Tienes mi permiso para complacerme en esto también, motero.

Evel la abrazó fuerte, regocijándose de una proximidad que necesitaba más que el aire.

—No sabes qué gusto me va a dar a hacerlo, linda. Yo también me muero por que vuelvas. Ese es tu lugar —se apartó un poco para poder mirarla a los ojos—. Solía pensar que el taller era mi rincón privado del universo, mi mundo... Pero me faltas tú. Mi mundo no está completo sin ti. Así que ahora es *nuestro mundo*.

—Nuestro mundo —repitió Abby y vio que él asentía ilusionado.

"Nuestro mundo" sonaba a pura poesía.

La tarde fue tan desesperante como la mañana para Abby. A pesar de que Evel había pasado la mayor parte del tiempo junto a ella en la zona que le habían asignado, la constante afluencia de público y el interés que suscitaba entre profanos y entendidos, contribuía a acrecentar las ganas de echar a correr, cuanto más lejos mejor. Su agobio crecía por segundos.

Evel era consciente de que su chica no lo estaba pasando bien. Él mismo se sentía tremendamente ansioso porque diera la hora y poder empezar a disfrutar de ese tiempo juntos que parecía cada vez más escurridizo. Por momentos, cuando caía en la cuenta de cómo se sentía -con una ansiedad y una excitación propias de un adolescente-, y de la edad que tenía, alucinaba consigo mismo. Saber que Abby se sentía igual que él hacía que tuviera ocurrencias muy diablas.

Echó un vistazo a la hora y sonrió ante la idea que apareció en su mente. Sacó el móvil y tecleó un mensaje:

"Ánimo, linda. Una hora más y... Ñam".

Abby, que junto a Amy atendía a unos visitantes, se apartó un poco y consultó el móvil que sostenía en la mano para enterarse si sonaba. Alzó la vista y miró a Evel con una sonrisa tierna. Él le guiñó un ojo y continuó haciendo que ojeaba el folleto que sostenía en la mano.

Entonces, fue su móvil el que sonó indicando que tenía un mensaje. Evel miró la pantalla con una sonrisa. Leyó:

"¿Ñam? ¿Otra cena romántica?"

El motero miró a su alrededor con disimulo. Había bastante gente en torno a él, pero no parecían prestarle atención. Respondió:

"Más bien sexy".

Un nuevo mensaje sonó casi de inmediato:

"¿Cena sexy? jajaja ¿Qué clase de cena es esa?"

Evel sonrió de oreja a oreja. Podía imaginar las mejillas color fuego de Abby y saber que, además, las vería en vivo y en directo, añadía un punto de emoción extra al momento. Volvió a comprobar que nadie lo estaba mirando y sus dedos se movieron rápidamente sobre el teclado:

"Una que se toma sin cubiertos y con mucho chocolate".

Miró a Abby a hurtadillas y tuvo que reprimir una carcajada cuando la vio apartarse el cabello de los hombros y mirar alrededor, sus ojos brillantes y sus mejillas arreboladas. Qué ganas de abrazarla fuerte le dieron de repente.

Le pareció dubitativa y, durante un instante, Evel pensó que volvería junto a Amy, que ignoraría momentáneamente aquel mensaje para responderlo luego, cuando las aguas hubieran vuelto a su cauce. Hasta llegó a considerar la posibilidad de que su insinuación hubiera sido algo prematura y que ella, directamente, no la respondiera.

Transcurrieron varios minutos durante los cuales Abby continuó atendiendo a los visitantes aparentemente concentrada en lo que hacía. Pero entonces, sus miradas se cruzaron una vez y a Evel le pareció que ella se había recuperado del sofocón. Más aún, estaba casi seguro de que aunque hubiera decidido no responder, su insinuación no le había desagradado.

Cuando ya había dejado de esperarlo, el móvil del motero volvió a sonar. El mensaje, breve y contundente, fue como un relámpago que lo atravesó de parte a parte:

"Ok. Tú pones el chocolate y yo las ligaduras".

La reacción de Evel no se hizo esperar. Aunque no fue, precisamente, con la que Abby contaba. Imaginó que el intercambio de mensajes continuaría ya que era la única forma de atención mutua que podían permitirse mientras ella tuviera que permanecer en el stand. Sólo rogaba que la intensidad de la comunicación se mantuviera dentro de unos límites aceptables para su puntilloso sentido del pudor que tenía la mala costumbre de ponerla rojo bermellón en el momento más inoportuno.

Pero no fue así. El mensaje no fue escrito sino verbal. Verbal, próximo y muy, muy caliente.

El motero se abrió camino entre la gente, pasó junto a Abby sin detenerse, llevándosela consigo de la mano ante la sorpresa de la artista, que se quedó con la boca abierta. Literalmente. A continuación, se alejaron unos cuantos pasos. Entonces, Evel se detuvo y se inclinó para hablarle al oído.

—Lo que tú quieras. Tú eliges. Pero va a tener que ser ahora, porque te juro que no puedo más.

Primero fue un calor de mil demonios, como si estuviera de pie en medio del mismísimo infierno; a renglón seguido, el corazón haciendo cabriolas dentro de su pecho y finalmente, su puntilloso sentido del pudor manifestándose a voz en cuello. Una mezcla de bochorno, pasión desatada y amor por aquel hombre que la hacía vibrar con una intensidad sin precedentes. Todo al mismo tiempo. Una locura. La locura más grandiosa del mundo.

Abby respiró hondo.

—No. Suspires —anticipó el motero.

La advertencia sonó más que a advertencia; fue una orden cargada de tanto amor como pasión. Las mismas palabras que Abby había oído antes muchas veces, que la encendían por el mensaje implícito que comunicaban, y que hoy, tuvo claro, corroboraban la (delicada) situación del motero; estaba al límite, como una botella de champán que alguien acaba de agitar; a punto de desbordarse sin control.

—¿Me dices que no puedes más y pretendes que no suspire? —murmuró Abby mirándolo con aquella mezcla de locura y picardía que a Evel lo derretía...

Lo derritió.

—Nos vamos —sentenció él, y tras tomar nuevamente su mano, enfiló hacia la salida posterior del recinto. Daba zancadas tan grandes que Abby tenía que correr para no quedarse atrás. El terreno era desigual y los tacones de sus botas, como siempre, altísimos. Debía estar dando todo un espectáculo, tropezando a cada paso como si fuera la primera vez que se ponía unos zapatos de tacón.

Se sujetó el cabello sobre un costado con su mano libre para que no dificultara su visión, a pesar de lo cual, el ritmo de un paso bueno, un paso malísimo no mejoró.

—¡Madre mía, Brian... o vas más despacio o me dejaré los tobillos en este suelo desnivelado! —comentó riendo. La verdad era que se quejaba por nervios. La verdad era que le encantaba la sensación de estar haciendo una locura. Porque desde luego, lo que los dos tenían en mente y la razón por la que corrían eran una locura y de las buenas.

—De eso, nada, linda —la tomó por la cintura y la alzó como si fuera un saco de patatas que cargó al hombro ante la risa histérica de su chica—. Te quiero entera en mi cama.

—¡Brian, bájame! —exclamó Abby, muerta de la risa, intentando mirar alrededor entre la maraña de cabello—. ¡No seas malo! jajaja ¡Por lo menos deja que le avise a Amy!

Evel tanteó el trasero de su chica, provocándole más carcajadas. Sacó el móvil de uno de sus bolsillos y se lo pasó.

—Móvil. Y que le quede claro que tú y yo no volvemos al stand hasta mañana —sentenció, totalmente en serio a pesar de que estaba riendo—. Como si te reclama el Obispo de Canterbury, ¿vale, bombón?

Cabeza abajo y muerta de risa, ella se las ingenió para localizar el registro correcto y se llevó el móvil a la oreja. Entonces vio cómo los miraban los transeúntes y explotó en carcajadas.

—Jajaja ¡Qué locura! ¡Se están tronchando! ¡*Diosssss*... estás loco, Brian, bájame!

Caliente más bien, pensó el lado más demonio del motero.

Naturalmente, no lo dijo en voz alta; estaba seguro de que si lo hacía, su lado caballeroso quedaría traumatizado de por vida.

No demoraron nada en llegar al pequeño hotel con encanto que Abby se había ocupado de escoger y reservar. Estaba situado a unos treinta kilómetros del lugar donde se celebraba el festival, pero la Perla Azul los había recorrido en el aire.

Evel ni siquiera había querido esperar al ascensor. Habían utilizado las escaleras y él, habitualmente amable y pendiente de los detalles, ni siquiera había reparado en la atmósfera acogedora que se respiraba, ni en los detalles románticos que les habían dejado en la habitación. Ni en la cesta de frutas exóticas que destacaba sobre la mesa junto a una botella de vino y dos copas de fino cristal. No había reparado en nada. Había entrado directamente al baño tras dejar el bolso en el armario. Apenas habían transcurrido unos pocos minutos cuando Evel reapareció en la habitación.

Lo vio avanzar quitándose la camisa, con una sonrisa tan sumamente diabla en aquella cara varonil que la hizo derretir por dentro. Abby dedicó toda su atención a contemplar el extraordinario espectáculo que tenía lugar frente a ella; Evel, desnudándose prenda a prenda. No había juegos ni insinuaciones ni descaro en él, pero sus movimientos eran tan precisos, tan seguros, tan escandalosamente masculinos... Estaba húmeda y él ni siquiera la había tocado aún.

Evel se relamió de gusto al ver que su chica lo miraba arrobada. De buena gana se habría quedado a disfrutar del momento, pero tal y como habían sido las cosas hasta el momento, no las tenía todas consigo de que no hubiera más interrupciones.

—¿Has gripado el motor, o qué? —la azuzó y al ver que ella alzaba las dos cejas a un tiempo, añadió—. *Vengaaa*, mueve ese culito precioso que tienes antes de que alguien te requiera y nos quedemos con las ganas.

Aquello fue como si Abby se hubiera despertado de repente en medio de un terremoto; entró en una frenética actividad y las prendas empezaron a volar por los aires. Evel avanzó, la tomó por las axilas y levantándola en el aire, la depositó sobre el mueble tocador. Buscó sus labios y le hundió la lengua en la boca en un beso incendiario pero breve, tras el cual la miró a los ojos. Acercó su miembro a la vagina de Abby, que lo notó próximo... pero no demasiado. Sentía el calor que emanaba de él, su contundente presencia entre los muslos, pero nada más. Sin embargo, la ansiedad y la anticipación eran inmensas. Los dos se estremecieron.

—Sé que te encantan los preludios largos... —murmuró él, y le lamió los labios.

Ella intentó atrapar la lengua masculina, sin éxito.

—Ajá... —admitió.

—También sé que te encanta hacer que "medio pierda" la cabeza varias veces antes de dejarme perderla del todo —continuó, parafraseando algo que ella le había pedido aquella noche de chocolate y pintura que, en un instante, se clavó en el medio de la mente de los dos.

Abby respiró hondo cuando un escalofrío le recorrió la espina dorsal, poniéndole los pezones duros como piedras.

—Ajá...

—Te va lo lento y minucioso, eso lo sé.

Él le hablaba bajito y suave. Estaban muy próximos, pero excepto por las manos masculinas que mantenían las piernas de Abby abiertas y su miembro apuntando estratégicamente al objetivo, no se tocaban. La distancia era mínima y saber que era así, que estaban a un microsegundo de perderse en los brazos del otro y sucumbir al placer, hacía aquel momento aún más excitante, como una dulce agonía.

Evel soltó el aire en un suspiro del que Abby bebió con desesperación.

—Lo que no sé, y me muero por saber, es si te va lo salvaje. Un minuto de locura y después el paraíso. O lo que es lo mismo —buscó su mirada con los ojos llameantes de pasión—; diez embestidas y me corro.

Se mantuvieron la mirada en lo que a los dos les pareció una eternidad. Pasión aparte, y con la minúscula porción de cordura que aún le quedaba, Evel se preguntaba si quizás no había hablado demasiado. Lo último que quería era incomodarla con sus palabras cuando podía llevarla a su terreno perfectamente sin necesidad de ellas. Era muy receptiva al contacto físico, ¿lo sería también a un lenguaje más explícito? Esperaba no haberlo estropeado.

Abby, en cambio, no se preguntaba nada. Sentía cómo la sangre corría alocada en sus venas y el corazón bombeaba a destajo. Toda ella se estremecía de pasión y lo único que resonaba en su cabeza, retumbando en cada rincón y en cada célula, era un deseo desesperado de fundirse con Evel, de que él se hundiera en sus entrañas, sentirlo profundamente dentro. Sentirlo suyo. Lo atrajo rodeándole el cuello con un brazo y le robó un beso y luego otro y otro más. Aquella reacción amorosa supuso un alivio para Evel; le permitió comprobar que él y su vehemencia inoportuna no la habían incomodado.

—Eres un sueño de mujer... Venga, linda, vamos a por esas diez —se las arregló para decirle entre beso y beso, echándosele encima.

Pero Abby lo detuvo. Tan encendida como él, buscó su mirada y remató la faena:

—Diez, no. Que sean doce, motero. Y volamos juntos.

Evel había insistido hasta el último momento en salir a cenar. Llevaba semanas planeando aquello, pero la verdad fuera dicha, no estaban en condiciones de salir. Tras el primer cuerpo a cuerpo sobre el mueble tocador, había habido otros. Pasaban de la explosión pura y dura, a los preludios largos en una sucesión exenta de más pausas que las fisiológicamente imprescindibles. La alegría de estar juntos, la emoción de explorarse mutuamente en otras formas de comunicación íntima y comprobar que la sintonía en ese aspecto era tan profunda como en otros de su relación, y hacerlo sin horarios ni limitaciones... Todo en conjunto había contribuido a incrementar el deseo de los dos, pero él, especialmente, se sentía enganchado en un ciclo sin fin. Dormitaban a ratos, a veces intentaban reponer energía echando mano de las frutas obsequio del hotel, pero al final volvían a sumergirse en otro ciclo interminable de caricias y besos. Estaba tan cansado que no lograba mantener la erección el tiempo suficiente, lo cual no impedía que siguieran buscándose mutuamente ni que él, especialmente, continuara empeñado en proporcionarle placer de la manera que fuera. No podía parar. Sencillamente estaba hambriento de Abby, de lo que sentía estando a su lado y de lo él que le hacía sentir a ella... Le dolía hasta la raíz del pelo e incluso ahora, lo único que deseaba era volver a meterse dentro de ella y hacérselo muy despacio.

Evel se levantó de la cama con cuidado de no despertarla. Examinó el contenido del pequeño bar y se decidió por la última botella de agua mineral que quedaba. Tenía que hidratarse. De paso, enfriarse un poco no le vendría mal. Se dejó caer sobre uno de los sillones de los dos situados cerca del gran ventanal que daba a la campiña. Bebió un sorbo generoso a morro y dejó la botella sobre la mesa que había entre los dos sillones. Abby estaba tendida parcialmente boca abajo. Dormitaba. El cabello le cubría parte de la espalda, y una sábana blanca se enredaba en torno a sus muslos, tapándole apenas los glúteos. Tenía un brazo al costado del cuerpo, el otro estaba doblado sobre la almohada, junto a su rostro. Desde donde Evel se hallaba, podía ver la voluptuosa curva de uno de sus pechos contra las sábanas. Y solo aquella visión fue suficiente para encenderse. Instintivamente, se palpó el miembro. Estaba irritado y le dolía, pero ya estaba en pie de guerra otra vez.

El motero volvió a beber un trago generoso de agua. Abby estaría peor, pensó. Tenían que parar, pero ¿cómo? Parecían dos críos calenturientos, enganchados en una maratón de sexo.

Miró a través de la ventana. Hacía tiempo que se colaban los rayos del sol. Calculó que serían alrededor de las ocho. Y si estaba en lo cierto, apenas tendrían tiempo para darse una ducha, desayunar algo rápido y ponerse en marcha hacia el recinto ferial donde le esperaba otro día largo mirándola a hurtadillas y arrebolándole las mejillas con un poco de sexting suave. Exhaló un suspiro sin darse cuenta. Las cosas no habían salido como las había planeado y aunque una parte de él -la romántica- lo detestaba hasta el punto del enfado, la otra estaba en el Limbo, alucinado por la noche de pasión que había disfrutado. Y más que interesado en seguir...

Pero no podían hacerlo. *No debían continuar.*

Acto seguido, el motero enfiló hacia el baño a darse una ducha antes de cambiar de idea.

Cuando regresó, un cuarto de hora más tarde, Abby empezaba a desperezarse.

Evel sonrió divertido al verla parcialmente incorporada en la cama, apoyada sobre los codos, con todo el cabello despeinado y una sonrisa de mujer que ha tenido una noche loca.

—Menos mal que quedan horas para volver a Londres, porque si tu madre viera tu carita ahora, nos sometería a un interrogatorio *muuuuuy* largo...

La sonrisa de Abby se hizo más grande, y no por las palabras del motero sino por las vistas. Desnudo, con tan solo una toalla atada a la cintura, era una invitación a pecar. El tejido se pegaba al cuerpo revelando formas, y a cada paso que daba, los lados se abrían disparando su imaginación de forma alarmante.

Era feliz. Estaba enamorada de un hombre increíble y había pasado buena parte de la noche abrazada a él. ¿Cómo no tener una sonrisa de mujer realizada? Toda ella era un surtidor de endorfinas.

Una idea muy traviesa apareció en la mente de Abby cuando Evel se quedó de pie frente al armario, con un brazo apoyado a cada lado de las puertas, inspeccionando el interior. Sus ojos se regodearon en aquella espalda bien formada que acababa en un soberbio culo. Uno que siempre tenía muchas dificultades para dejar de mirar. El motero decía que era un hombre de bocas, y vive Dios que vivía besándola, pero junto a él Abby había descubierto que era una mujer de culos. O de uno en concreto; el suyo. Encontraba excitante esa redondez voluptuosa que luego, al tacto, era puro músculo.

—*Brummmm brummmmmmmm* —murmuró Abby, sugerente, imitando el sonido de un motor.

Evel soltó una carcajada. Volvió la cabeza para mirarla.

Además de sorpresa había un punto de rubor en el rostro del motero que a Abby le produjo una intensa ternura.

—Ay, Brian, te comería entero... —murmuró ella, embelesada —. Eres *taaan* dulce...

Ya, pensó él, mejor que dejaran de pensar en comerse mutuamente.

—Que recuerde, nunca me habían dedicado un par de acelerones —comentó risueño—. Estoy emocionado.

—¿Mucho?

El motero conocía perfectamente ese tonito sugerente. Y también sabía lo que significaba; que estaban a punto de enredarse en otro cuerpo a cuerpo. Solo que ahora no tenían tiempo para eso.

—¿Sabes qué hora es, linda?

—*Nop*. ¿Hora de desayunar? —preguntó, juguetona, incorporándose hasta quedar sentada sobre la cama con la espalda apoyada contra el respaldo.

A continuación, cruzó los brazos detrás de la cabeza. Había sido un movimiento en apariencia intrascendente, pero Evel sabía que no lo era. Sus pechos temblaron y la posición hizo que se irguieran y adquirieran más redondez, y que sus pezones también se irguieran... Y que a él lo invadiera un tremendo deseo de empezar a chupar esos dos trocitos de miel. Entre sus piernas, su miembro aprobó la moción volviendo a la vida por enésima vez desde que habían llegado a Mersham.

Evel se acomodó mejor la toalla para disimular el creciente bulto y procuró mantener a raya la excitación. Permaneció de espaldas mientras sacaba qué ponerse del bolso de viaje. Luego se dirigió al sillón que había ocupado antes y tomó asiento dispuesto a vestirse. Era imperativo que salieran *ya* de aquellas cuatro paredes.

—Exacto, preciosa. Tenemos veinte minutos para desayunar en la cafetería y salir pitando.

Evel ya se había puesto la camiseta cuando por el rabillo del ojo vio que Abby abandonaba la cama y se dirigía hacia él. Tan desnuda como había venido al mundo. Igual de deseable que siempre. Por su forma de andar, dedujo que estaba tan hecha polvo como él. Alzó la vista con los ojos brillantes cuando ella se detuvo frente al sillón que ocupaba, invadiendo de manera deliberada su espacio.

—Me duele, linda y si a mí me duele... —Evel exhaló un suspiro y añadió—: Propongo que nos demos un respiro, unas horas...

Pero Abby no estaba por la labor. Tras veinticinco años de sequía sentimental, se había enamorado perdidamente de un hombre que le interesaba en todos los sentidos en los que un hombre puede interesarle a una mujer. Y durante aquellos días de incertidumbre y desesperación cuando él había estado en coma, había algo que había aprendido casi sin darse cuenta; a abrazar la vida plenamente. Así que ahora no deseaba perderse nada. Lo quería todo y lo quería ya.

—Pues él no piensa lo mismo —dijo regodeándose en aquel bulto que se erguía entre las piernas del motero, a pesar de la contención que ejercía la toalla.

—Es que él no piensa, Abby. Pero yo sí... —estiró los brazos hacia ella e hizo que se sentara sobre sus piernas—. Tenemos que parar, linda. En serio.

Tampoco funcionó. Un instante después sintió la mano femenina escurriéndose debajo de la toalla y empuñándolo con tanta suavidad como decisión. Los dos suspiraron.

—¿Te hago daño?

—Tenemos que parar —insistió él, pero la empuñadura se hizo más fuerte y acabó dejándose caer contra el respaldo. Cerró los ojos.

—¿Sabes? —ronroneó Abby deslizándose por el cuerpo del motero, insinuante, hasta apoyar las rodillas en el suelo—. Ahora me iría de perlas uno de esos de "un minuto de locura y luego el paraíso".

Una risa distorsionada por el deseo salió de la boca de Evel.

—Entonces sí que acabamos en Urgencias...

Ella le apretó los testículos deliberadamente, arrancando un gemido desgarrado a Evel. Todo su cuerpo se estremeció al sentir que ella pasaba la lengua a lo largo de su verga como si se tratara de un helado.

—¿Urgencias? ¿Y eso por qué? —murmuró ella—. Mi boca está perfectamente.

Y un segundo después sus labios se abrieron sobre el miembro en plena erección del motero, que gimió de placer.

🏍 🏍 🏍

—Das asco y la envidia me corroe, que lo sepas —dijo Amy, soportando estoicamente que la artista le borrara el mismo trazo del rostro por tercera vez.

Abby no tenía ninguna duda de eso. Había necesitado toneladas de corrector de ojeras y un maquillaje completo para lograr un aspecto más o menos presentable, pero nada podía ocultar los signos de fatiga, ni cuánto le costaba moverse. Todo su cuerpo era una colección de agujetas y dolores varios, por eso le costaba tanto atinar con los trazos.

Además, llevaba horas con el estómago vacío. No habían cenado y entre una cosa y otra, no les había dado tiempo a desayunar más que un café bebido. Pero conocía lo cotilla que era su amiga, y no estaba por la labor de hablar del asunto.

—Cierra el pico.

—Por más que me calle, la envidia me sigue corroyendo —Amy hizo una pausa. Evel se dirigía al stand portando una bandeja y así, a cierta distancia, resultaba incluso más imponente que de cerca. Un macizorro bien vestido y muy mirable—. Siempre me pareció que tu chico tenía que ser un tigre entre las sábanas. Esos que van de dulces y caballerosos, son la caña cuando pierden las inhibiciones. A juzgar por tu lamentable aspecto —le ofreció a su amiga, la artista, una sonrisa burlona— está claro que no me equivoco.

No se equivocaba en absoluto, pensó Abby y antes de que los recuerdos fogosos de la noche que habían pasado juntos empezaran a ablandarle el cerebro, decidió cambiar de tema.

—¿Y tú qué tal? ¿Lo has pasado bien anoche? —le preguntó mientras probaba suerte nuevamente con el trazo en el rostro de Amy.

Bien no, fenomenal. Por fin había podido conocer la programación televisiva nocturna y corroborar que era una auténtica mierda. Eso, por cierto, no había sido tan malo como pillarse en un desliz; durante los escasos segundos que creyó reconocer a Dylan en la figura del tío tatuado que curioseaba en uno de los puestos y, totalmente en contra de su voluntad, se sintió eufórica. Pensó que después de semanas de ignorarla, que estuviera allí no podía ser casualidad. La sola idea de tener otra ocasión con él y de hacer las cosas bien esta vez, la había llenado de ilusión. Lo cual era bastante irónico tratándose de alguien tan cambiante a nivel sexual/emocional como ella. Pero sí, la puso eufórica. Y como todo lo que sube tiene que bajar; su ánimo cambió radicalmente cuando al fin comprobó que no se trataba del irlandés. El sujeto era grandote y calvo como Dylan, pero no era él. Y de pronto, lo único que le apetecía era una buena ducha, que le subieran la cena a la habitación y quedarse delante del televisor hasta caer dormida de aburrimiento.

—Claro. Lo pasé de miedo. Los noctámbulos de Mersham me recordarán durante mucho tiempo, te lo aseguro —le regaló una gran sonrisa a Evel que ya estaba junto a ellas al comprobar que, galante como siempre, también había pensado en ella al comprar los tentempiés—. ¿Te he dicho ya que eres un encanto de tío? Mmm... ¡qué buena pinta tiene eso!

Abby volvió la cabeza como un resorte y su rostro se convirtió en un pringoso pegote de miel en cuanto la imagen del motero apareció en su campo visual.

—Ya decía yo que hacía rato que no te veía —murmuró.

Él tampoco escatimó dulzura.

—¿Me echabas de menos?

"¿Me echabas de menos?" repitió Amy burlona para sí. Puso los ojos en blanco.

—Chicos, por favor, no empecéis... Son solamente las diez de la mañana —le echó una mirada recriminatoria a su amiga—. Y hoy no quiero que te largues y me dejes sola con todos esos mirones, ¿vale? Hoy te quedas aquí, monina, y aguantas firme como un soldado.

Abby hizo caso omiso de su amiga. Dejó el pincel sobre su mesa de trabajo y se levantó del taburete que ocupaba. A continuación, se puso de puntillas para besar al motero. Un beso ligero sobre los labios que él se encargó de convertir en algo menos ligero.

—Siempre te echo de menos —replicó ella cuando pudo recuperar su lengua. Curioseó la bandeja que Evel portaba en sus manos—: ¡*Falafels*! ¡Ñam! Dios, qué hambre me acaba de entrar...

Vaya, qué coincidencia. Después del beso, a él también le había entrado un hambre infernal.

Intercambiaron miradas pícaras y Abby soltó una carcajada que hizo que su amiga meneara la cabeza.

—Joder... Chico, la tienes desatada. Casi no la reconozco.

Evel le entregó un plato de cartón con los *falafels* a su chica y a continuación hizo lo mismo con Amy.

—Me encanta que me cuides —dijo Abby con simplicidad antes de llevarse una de aquellas maravillas a la boca.

—Lo sé —replicó el motero.

El tentempié obró maravillas en el agotado organismo de Abby y la cercanía de Evel, que permaneció en el stand a escaso metro y medio, se ocupó de restaurar su ánimo. Aunque pareciera una locura, alzar la vista y verlo allí -siempre cerca, siempre atento, siempre tierno- la llenaba de una energía increíble. Se sentía la dueña del mundo.

Abby logró acabar el diseño de Amy sin nuevos contratiempos y el resultado final volvió a acaparar la atención de los visitantes al festival. Pocos metros más allá, esta vez fuera del área del stand, Evel disfrutaba del merecido éxito de su novia y, al mismo tiempo, contaba las horas que aún quedaban para volver a tenerla toda para él. Quizás, con un poco de suerte, lograrían estar de regreso en Londres a tiempo para improvisar la cena romántica que se había visto obligado a cancelar la noche anterior, después de tres semanas planeándola. Aunque lo más seguro fuera que no, que acabaran en su piso, desnudos y abrazados en la cama. O disfrutando de sus charlas interminables en la cocina o en su salón privado. O incluso, simplemente, disfrutando de sus silencios compartidos que él encontraba tan reconfortantes y cada vez más necesarios.

Evel estaba apoyado contra una columna, con la vista perdida en el suelo, sumergido en sus propios pensamientos cuando el móvil sonó indicando que tenía un mensaje. Lo abrió. Eran solo dos palabras, pero consiguieron devolverlo a la realidad en un microsegundo, henchido de vanidad.

"Tío bueno!"

Alzó la vista y miró a Abby que en el stand parecía muy atenta a la conversación que mantenía con una de las visitantes.

"Preciosa" —tecleó Evel, y envió el mensaje.

Abby aprovechó que Amy tomaba la palabra para ojear con disimulo la pequeña pantalla. Qué hombre más alucinante, pensó. Ella le lanzaba un cumplido sexy y él respondía con esa ternura demoledora que le acariciaba el corazón.

Sus miradas volvieron a encontrarse. Ella le regaló una sonrisa entre dulce y pícara, que anunciaba que el intercambio de mensajes continuaría. Pero entonces Evel vio que alguien se acercaba a Abby y, tras apartarla de la mesa de trabajo, se ponía a hablar con ella. La reconoció; era Jade Harrington. La conversación no duró más que un par de minutos, pero no hacía falta ser muy sagaz para darse cuenta de que no había sido de naturaleza agradable. La expresión y el lenguaje corporal de Abby habían adquirido aquel punto irónico, casi prepotente, que Evel conocía tan bien de sus primeros encuentros. Claramente, la mujer se había pasado de la raya y Abby la había devuelto a su lugar sin contemplaciones. Después de eso, la directora de la Escuela de Arte Corporal de Londres se alejó con paso vigoroso. Abby regresó junto a Amy. Se la notaba visiblemente contrariada y el hecho de que evitara mirarlo, le confirmó a Evel que, efectivamente, lo estaba; muy contrariada.

"Preciosa" —volvió a teclear Evel. Envió el mensaje.

Abby respiró hondo y bajó la cabeza. Volvió a mirar la pantalla con disimulo y nuevamente, aquella única y explícita palabra logró robarle una sonrisa. Era como si se lo estuviera oyendo decir, con aquella voz grave y esos preciosos ojos verdes clavados en ella, súper atentos.

"Gracias. Eres un cielo."

"No lo tomes a mal, pero prefiero lo de "tío bueno!" Suena mucho más sexy" —tecleó Evel.

Abby rió en voz baja al leer su respuesta. Poco a poco, empezaba a relajarse. Verificó rápidamente que Amy continuara atendiendo a los visitantes y volvió su atención al móvil.

"Le dije que no voy a Austria y me llamó mala profesional. ¿Tú te crees...?"

¿No iría a Austria? Había entendido que Abby no quería que la "enredaran" en proyectos con tanta antelación, no que directamente declinara tomar parte. De pronto, sintió que el corazón crecía hasta ocuparle el pecho entero, abocándolo inexorablemente a la explosión emocional. Evel respiró hondo en un intento de serenarse y no dar un espectáculo en plena feria.

"No sé si quiero saber qué le respondiste..."—tecleó Evel.

"Pero lo imaginas, seguro. Me conoces muy bien... *Diossss*, anímame, venga... A ver si se me pasa el enfado".

El demonio que habitaba en Evel hizo su aparición triunfal.

"Eso está hecho. Y dime... ¿cómo quieres que te anime? ¿Con sexting o...?". —Dejó la frase inconclusa a propósito y envió el mensaje.

La vio moverse incómoda, mirar a otra parte y al fin responder la típica frase no comprometida que ocultaba tan mal lo que verdaderamente deseaba, aunque no se animara a pedirlo con todas las letras:

"Eres un demonio, motero".

"Y tú, la mujer de mi vida".

Abby se estremeció. No pudo evitarlo. Leerlo era tan impactante como oírselo decir, y él se lo había dicho infinidad de veces.

"Sigue, que vas bien" —lo animó Abby. Porque, desde luego, *iba muy bien*. Solo él era capaz de excitarla con sus frases románticas. Primero le derretía el corazón y luego hacía una escabechina con sus hormonas.

"¿Qué tal si te animo con algo un poco más fuerte?".

El ritmo del intercambio se incrementó mensaje a mensaje.

"¿Más fuerte como qué?..." —quiso saber Abby. Y si los suspiros pudieran enviarse por SMS, Evel habría recibido un mensaje de veinte líneas llenas de suspiros.

"Estoy loco por ti ".

"Y yo por ti, Brian".

"Me paso el día deseando verte. Y sean diez minutos o diez horas nunca es suficiente. Y sé que no va a cambiar" —tecleó el motero y envió el mensaje.

Abby volvió a mirar la pantalla, leyó. Respiró hondo.

"Lo sé, Brian. A mí me pasa igual. El tiempo juntos se esfuma en un suspiro... Me desespera".

Evel apoyó la cabeza contra la columna y apretó los párpados. Semanas planeándolo para acabar soltándoselo a través de un SMS en medio de una feria donde se agolpaban montones de personas. Dios, aquello tenía que ser un chiste. No podía estar sucediendo.

Volvió a mirar la pantalla del móvil y por un segundo se sintió un completo imbécil. *¿Pero qué te pasa a ti, chaval?* La forma era lo de menos. Lo importante era el mensaje.

"Dentro de un año estaremos igual de enamorados y mucho más desesperados que ahora... Casémonos, Abby y acabemos con esta tortura de una vez".

Lo envió y permaneció inmóvil, como si su corazón se hubiera saltado unos cuantos latidos, porque, de hecho, así había sido. Sus ojos clavados en la pantalla de la que dependía todo su futuro. Los segundos pasaban y Evel empezó a tomar conciencia de que había vuelto a acelerar a fondo. Tenía una increíble facilidad para ir a todo gas cuando se trataba de Abby. Y era algo que odiaba. Dios, cómo lo odiaba. No quería presionarla. Ni asustarla. Joder.

"Soy un loco de la velocidad, ya lo sabes... Siempre voy a tope... No te preocupes, no pasa nada. Puedes declinar sin ningún problema. " —Los dedos del motero volaron sobre el teclado.

"Sí" —respondió Abby.

Pero los mensajes se cruzaron y Evel frunció el ceño al recibir la escueta respuesta de Abby.

"Sí... ¿qué?".

Esta vez no fue un mensaje sino su voz, al punto de la histeria, lo que le puso el corazón en fuga.
—Que sí, motero. Qué sí. Sí. ¡Síiiiii! ¡¡Por Dios, claro que sí!! —exclamó Abby dando saltitos en el sitio. Amy se volvió alarmada, pero pronto empezó a reír. No sabía de qué iba todo aquello pero ver a su amiga brincando sin importarle un pimiento su glamuroso peinado ni sus tacones le alegraba el alma.
Los visitantes del stand sonreían e intercambiaban miradas preguntándose qué sucedía. Ya nadie prestaba atención al diseño de la artista, sino a su estallido de júbilo.
—¡¿Te casas conmigo?! —exclamó el motero—. *¡Diossssss, has dicho que sí.... !* ¡Yihaaaaaaaaaaaaaaaaaaaaa!
Evel dio tal alarido que los que estaban cerca se volvieron a ver qué sucedía.
Pronto, nadie prestaba atención a los modelos pintados. Abby y Evel se habían convertido en la atracción del momento; habían echado a correr uno en la dirección del otro, se habían encontrado a mitad de camino y ahora, abrazados, festejaban por todo lo alto la mayor travesura de su vida.
—Ya, ya... Reíd ahora, que después me reiré yo cuando se lo digáis a mamá Amelia —dijo Amy, feliz, uniéndose a la pareja. Rodeó el hombro de su amiga y tomó del brazo a Evel—. Tenéis claro que se va a montar una buena, ¿no?

Abby se cubrió la cara con las manos, riendo bajo la mirada enamorada del motero.

—¡Le va a dar un ataque! —concedió la artista. Y a continuación se encogió de hombros la mar de feliz haciendo reír a su amiga.

—Cabrona. Me tienes todo el fin de semana aguantándole la vela a estos mirones mientras tú te das el lote con este guaperas —apretó cariñosamente el brazo de Evel—, y ahora te me casas...

Las dos amigas se fundieron en un abrazo. Evel notó que había emoción además de alegría en aquel abrazo y dio un paso atrás, respetuosamente.

—¿Eres feliz, eh? —Abby asintió varias veces con la cabeza —. Hacía tantos años que no te veía... —hizo una pausa sin completar la frase. Se estaba emocionando y no quería hacerlo, de modo que se apartó un poco para mirar a su amiga y antes de decirlo, ya estaba riendo—. ¡Hacía añares que no te veía dar un espectáculo tan penoso! ¡Joder! ¡Tendrías que haberte visto! ¡Parecías una rana con sobredosis!

Evel soltó una carcajada al ver cómo Amy imitaba a Abby, dando saltitos.

—Ya será menos, guapa. A ver cuánto me río yo cuando te toque el turno —la pinchó Abby. Para entonces, Evel había vuelto a acercarse y los tres seguían a lo suyo sin percatarse de que continuaban siendo el centro de atención.

—Uy, eso será más difícil... pero oye, oye no me cambies de tema. Me pido ser dama de honor de tu boda como mínimo, ¿me has oído, monina? Díselo con tiempo a tu numerosa familia porque no quiero malos entendidos de última hora...

—Serás mi dama de honor —concedió Abby, intercambiando miradas enamoradas con Evel.

Miradas que no pasaron desapercibidas a Amy, que meneó la cabeza.

—Dais asco, de verdad. Largaos, haced el favor —dijo señalando con el brazo la salida del predio y cuando volvió la cabeza y vio la multitud que los rodeaba—. ¿Y vosotros qué miráis? ¿Acaso tengo la pintura emborronada o qué?

De hecho, sí la tenía y en sitio inconveniente, pero a Amy y su desparpajo no les preocupó en absoluto. A diferencia de Abby, ella disfrutaba siendo el centro de atención y cuando de entre los visitantes se oyó un "¡tía buena, déjame que te pinte una margarita!", Amy se sintió en su salsa.

—¡Pero claro que sí, para eso estamos, hombre! —respondió cabeceando a ver si distinguía entre el público al dueño del piropo, mientras Abby lloraba de la risa viendo cómo la cara de Evel pasaba del rosado al rojo fuego en un segundo—. ¡Yo te dejo que me pintes lo que quieras!

Amy volvió a abrazar a su amiga.

—Evel es un tío increíble, Abby. Te lo mereces y soy muy feliz por ti.

—Lo sé. Gracias, nena —murmuró ella, mirando a su chico que continuaba atento a ellas.

—Venga, largaos, que yo me ocupo de esta jauría —Amy le dio un último beso en la mejilla y otro a Evel que le hizo un guiño agradecido, y regresó al stand animando al público a que la siguiera bajo la mirada emocionada de Abby. Siempre había estado a su lado, apoyándola, dejándole claro que podía contar con ella. Daba igual para qué o en qué circunstancias, Amy siempre estaba allí, dando el callo.

Cuando Evel la tomó de la cintura, Abby volvió la cabeza para mirarlo.

—¿Nos vamos, señora Rowley? —Una sonrisa tridimensional apareció en el rostro de Abby. Empezaron a alejarse del stand, en dirección al aparcamiento, tomados de la mano—. ¿O será señora Gibb-Rowley?

Le daba igual una cosa que otra mientras él fuera suyo y ella le perteneciera a él. Era feliz. Más que feliz. Pero sabía de alguien que no estaría nada feliz en cuanto se enterara de las buenas nuevas.

—Tú espera a ver, que igual cuando mi madre se entere me convierte a mí en difunta Abby de un soplamocos de esos bien italianos que te dejan mirando para el otro lado —dijo risueña, haciendo que Evel se desternillara.

Rieron un buen rato mientras se dirigían hacia la Perla Azul, sumergidos en su propio universo. Entonces, Evel sacó la cazadora de la alforja y le ayudó a ponérsela. Tomó a Abby por las solapas y acortó la distancia que los separaba.

—Se va a montar una buena —reconoció el motero riendo—. Me va a matar. Voy a dejar de estar al tope de su lista de favoritos.

Abby asintió enfáticamente. ¿Casarse tras un noviazgo de dos meses escasos? Se iba a montar un follón de cuidado.

—Nos va a matar a los dos —concedió. Y también rió como si nada importara. Porque, en realidad, era así.

Evel volvió a acortar distancias. Llevaba todo el fin de semana muy demonio, y a esas alturas, no le sorprendió en absoluto que sus ideas siguieran ese mismo patrón. A él tampoco le importaba cómo lo tomaran sus respectivas familias.

—Bueno, si hagamos lo que hagamos van a matarnos de todas formas... —dijo él y no completó la frase.

El rostro de Abby adquirió seriedad de inmediato. El de Evel también. *Esa* clase de seriedad que los dos sabían dónde les conducía: a otra locura compartida.

Abby abrió la boca de puro asombro.

—¿Lo dices en serio?

Nunca, jamás, en toda su vida, había dicho algo más en serio. Era así de serio, y ni siquiera lo había dicho con todas las palabras.

Evel asintió y el asombro de Abby empezó a transformarse en locura.

—¿De verdad, Brian? —murmuró mirándolo embelesada.

—Ahora mismo, linda —afirmó el motero—. Carretera y manta. A todo gas. La decisión es tuya. ¿Qué dices?

Abby le echó los brazos alrededor del cuello y los dos se fundieron en un beso apasionado. Corazones latiendo a destajo, estremecimientos que en parte eran de deseo, pero principalmente de locura de amor, y la certeza absoluta de que el futuro les pertenecía...

Un futuro que estaba a punto de comenzar.

Era el momento más importante de sus vidas, *la decisión más importante de sus vidas*, y al igual que les había sucedido desde el principio, estaban en sintonía. Deseaban lo mismo, con la misma intensidad.

—Digo que carretera y manta, motero. Y a todo gas —respondió ella.

Entonces, aquel alarido victorioso de Evel que a Abby indefectiblemente le arrancaba una sonrisa, volvió a sonar alto y claro haciéndolos vibrar de emoción.

Sobre Patricia Sutherland

Su estreno oficial en el mundo romántico español tuvo lugar en abril de 2011, de la mano de *Princesa*, una novela que aborda el controvertido asunto de la diferencia de edad en la pareja, y que ha enamorado a las lectoras. Han sido sus apasionadas recomendaciones y su permanente apoyo, las que han convertido a *Princesa* en un éxito y a Dakota, su protagonista, en el primer héroe romántico creado por una autora española que cuenta con su propio club de fans en Facebook.

En noviembre de 2012, *Princesa* obtuvo el I Premio Pasión por la Novela Romántica. En dicho mes, asimismo, fue nominada en tres categorías, Mejor Novela, Mejor Autora Chicklit y Mejor Portada en el marco de los I Premios Chicklit España.

Un año más tarde, en noviembre de 2013, salió *Harley R.*, la segunda entrega de la Serie Moteros de la que *Princesa* es ahora el primer libro, una novela sobre el amor después del desamor y las segundas oportunidades. En febrero de 2014, *Harley R.* resultó ganadora del II Premio Pasión por la Novela Romántica y más tarde fue nominada al Premio Rosas Romántica'S 2013 y a los Premios RNR (Rincón de la Novela Romántica) 2013.

También es autora de la serie romántica Sintonías, compuesta por Volveré a ti (2014) *Bombón* (2007), *Primer amor* (2007), *Amigos del alma* (2008) y Simplemente perfecto (2014).

Patricia Sutherland nació en Buenos Aires, Argentina, pero está radicada en España desde 1982.

Página oficial:
Jera Romance
www.jeraromance.com